石川啄木

不愉快な事件の真実

西脇　巽

〈目次〉

石川啄木

不愉快な事件の真実

序章　「不愉快な事件」とは

明治四十四年の九月上旬より啄木と郁雨との間の交流が途絶え、それまで頻繁に行われていた多額の経済援助はおろかそれまで頻繁に交わされていた手紙のやりとりもなくなる。いわゆる義絶状態となり、交流が再開されることなく啄木は死没してしまう。ところが啄木没後郁雨は未亡人である節子や遺児の世話や啄木の墓の建立、啄木文学の普及に積極的に協力するのであり、表面上は何事もなかったかのように経過していた。

明治四十四年九月十六日付の妹・光子宛の啄木の手紙がある。（引用の太字箇所は西脇）

・・・・

夏中はお世話になつた、さてお前の立つた翌日乃ち一昨日昼頃京子がひどく熱が出たのですぐ医者を呼んだが、夜になつて益々ひどく、四十度六分まで上り、夜明けまで眠らずに氷嚢をとりかへてやつた、風邪が原因で肺炎を起したのださうで、今日は少しよかつたが、今（夕方）また急に四十度近い熱が出て来たので頭や心臓を冷してゐる、どんな犠牲を払つてもよいから殺したくないと思ふ、金はお前の立つた翌日すぐ出来たが、右の次第で万一の場合の用心のため使はずにある、それに氷だけさへ一日に五十銭もか丶る、あの衣類は今月の末まで待つて貰へまいか、**お前の知つてゐるあの不愉快な事件も昨夜になつてどうやらキマリがついた、家に置く、然しこの事についてはもう決して手紙などにかいてよこしてくれるな、**それからいねの方の事件も一昨日先方から来て相談し、昨夜人を頼んでいねと一しよに行つて貰つて離縁状も衣類もとつて了つた、今日小樽の姉からお前宛に来た手紙を廻送した筈だが、父の事が書いてあつたら至急知らしてくれ、

十六日夕

東京小石川区久堅町七四ノ四六　石川　一

石川光子殿

・・・・

「不愉快な事件」とは啄木が妹・光子に送った手紙の中で書かれている「不愉快な事件」のことを意味する。啄木の友人・京助は「啄木末期の苦杯」と言い、光子は「啄木の妻・節子の晩節問題」と言っている。内容は、啄木がそれまで経済的援助を受けていた親友であり義弟である宮崎郁雨と義絶したことを意味している。京助は、「光子によって飲まされた末期の苦杯」と言って光子を批判しているのだが、光子がこの問題を言い出したのは啄木没後かなりの年月を経てからのことなのであまり適切な表現とは思えない。節子の晩節問題という言い方も光子の一方的主張で、客観性に欠けているので適切な名称と思えない。「不愉快な事件」とは、実際に啄木は不愉快に感じたことであろうから、もっとも相応しい名称に思える。

事件の概要は以下のような内容である。

明治四十四年九月中ころ、郁雨から節子宛に手紙が届いたのだが、啄木はその内容に烈火のごとく怒る。

その時の現場に居合わせた人物は、啄木、光子、節子、それに啄木の姪のイネの四人しかいなかった。啄木の母・カツも同居していたのだが、カツの存在意義は希薄である。イネは啄木の姉・サダの娘で、そのころ離婚騒動をおこして啄木の家に転がり込んでいた。そしてその状況を文章化して活字にしているのは光子だけである。光子の書いた内容の信憑性が問題となっているのである。

その後の経過として啄木は、啄木郁雨両者の親友である丸谷喜市に対応を相談するのだが、喜市は両者の仲介役として両者に義絶することを勧め、それ以上の事なきを得て、事態は収まってしまう。そのため、客観的には何事もなかったかのように事態は進展し、このことが問題となるのは啄木の没後、かなり日数が経過してからのことである。

ところで丸谷喜市という人物も実は啄木の親友というだけでなく、啄木とは縁戚関係があり、喜市にとっても言わば身内の問題なのである。喜市は啄木から相談されて自分がとった行動について活字化（公表）することは、関係者がすべて死没するまで避けてきている。

光子の見方では、郁雨から節子宛の手紙は、郁雨から節子へのラブレターであり、郁雨と節子は不倫の関係であった、というものである。手紙の中に、節子一人で写した写真を送って欲しい、ということも書いてある。そのため啄木は激怒し、その後の経過として啄木は郁雨と義絶した、というものである。

ことの真相は不明のまま現在まで経過しており、決定的な結論は出ていない。

光子は、大正十三年（一九二四年）「兄啄木のことども」（九州日日新聞）、昭和二年（一九二七年）「兄啄木の思出」（九州日報）、昭和四年（一九二九年）「兄啄木の思ひ出」（因伯書報）、昭和五年（一九三〇年）「兄啄木の思ひ出」（呼子と口笛）で自説を展開するのだが、大きな反響を呼ぶことはなかった。

戦後になって啄木の先進的な思想も認められて、全国的に啄木ブームが沸き起こる。昭和二十二年（一九四七年）、光子の夫・三浦清一が四国丸亀での「啄木を語る座談会」で光子になり代わって発言する。その内容が翌日の毎日新聞で「妻に愛人があった。悩みつつ死んだ啄木」という三段抜きの見出しの記事でセンセーショナルに報道される。

以下それに反対する論考もなされるのであるが、光子は昭和二十三年（一九四八年）『悲しき兄啄木』（初音書房）、さらにはその十六年後の昭和三十九年（一九六四年）『兄啄木の思い出』（理論社）を刊行するのである。

今までは光子の説に対しては賛否両論があり、結論はないかのようである。「永遠の謎である」とまで言われている。あるいは賛成か反対かの極論ではなく、郁雨と節子に何がしかのことがあっても大きな問題ではないではないか、光子の怒り過ぎでないか、など曖昧な考え方も生まれている。

筆者は啄木研究に取り組み始めて、まずこの「不愉快な事件」の謎にぶち当たってしまった。私の当初の直感でも「郁雨・節子不倫説」は無理な見解であったが、光子説を取る著名な研究者や文化人もそれなりにいて根強いのである。また、どちらの説に加担することもできない研究者も多い。

不愉快な事件の真実を明らかにすることは、啄木研究者にとっては大きなテーマとなっているのである。

物議を醸しだした啄木の妹・光子の見解を紹介する。以下は光子の書『悲しき兄啄木』（初音書房　一九四八年〈昭和二十三年〉）よりの抜粋である。

・・・・・・

話の起りは明治四十四年九月十六日に兄から私に宛てた手紙の一節が、どの年譜にものつてゐるそのことに関することです。抜き書きすると左の様なものです。

「―前略―お前の知つてゐるあの不愉快な事件も昨夜になつてどうやらきまりがついた。家におく、しかしこのことについてはもう決して手紙などに書いて寄越してくれるな」

これは必ずどの年譜にものつてゐますから重要なことに違ひありません。だがどんな風に重要なのか、恐らく数人の人しか知らないことでせうから、世の真面目な啄木研究者を必要以上に惑はす思はせぶりな文句で満ちてゐるといはなければなりません。これは節子さんの所謂晩節に関することなのです。毎日新聞の報導《ママ》を抜くのが便利ですから、左に掲げます。

「啄木研究の権威金田一京助氏らも全くこのことにふれず、その他の啄木研究家は解明の途もなく、今日まで一般になぞとされていたものである。このなぞは、私（三浦清一）と妻と金田一京助氏との三人の胸の中だけにかくされていたものですが、啄木はもはや一石川家や彼をめぐる少数の人達の啄木ではない、彼の詩歌を愛し彼の人間を愛する数十萬数百萬の啄木であるはずです。この意味から妻もこの事件の発表に同意しているので発表します。

不愉快なこととは啄木の妻節子の貞操の問題です。

―中略―相手はまだ現存の知名の士ですから氏名の公表をはばかりますが、啄木の親友の一人で北方の詩人とだけはいっておきませう。―後略―」

これに對して金田一京助さんは今年七月號の婦人公論に「啄木末期の苦杯」といふ題で、「石川家の為に」と正面から反駁なさいました。

――中略――

その不愉快な事件といふのは九月十日頃の或る日の出来事なのです。

いつも私が門の箱から取つて来て兄に渡す郵便物を、その日に限つて姪のいねがとつて来て

「叔父さん、手紙」と、その二三日熱があつて床についてゐた兄に直接渡したのでした。

丁度節子さんは留守、私はお勝手にゐる時でした。突然、兄が甲高い聲で私を呼びたてるではありませんか。何事かと、驚いて行つて見ると
「怪しからぬ手紙が来た」とどなりながら、手紙の中から為替をとり出し、目茶滅茶に破いてゐる處でした。

それは「美暎《ママ》（びえい）の野より」と、ただそれだけ書かれた匿名の手紙でした。美暎の野といふのは北海道石狩川原野にある地名で、軍隊の演習地として有名なところだつたので兄もたしか知つてゐたでせう。

兄は節子さん宛に来たその手紙を、極く軽い氣持で何の氣なしに開封したのでせう。ところが、その中から為替が出て来て、手紙の文句を見てゆくと
「貴女ひとりの写真を撮つて送つてくれ云々」といつたことが書いてあつたといふのです。そのほかにどんなことが書いてあつたか、私に知らせるどころの見幕ではありません。全くそばにも近よれぬ怒り方なのです。

やがて何も知らずに節子さんが帰つて来ると、枕下に呼びつけて、いきなりその手紙を突きつけ、

「それで何か、お前ひとりで写真を写す気か？」

と、聲をふるはしてかみつくやうに怒り出し、

「今日かぎり離縁するから薬瓶を持つて盛岡に帰れ――京子は連れて行かんでもよい。一人でかへれ」

と大變な勢です。さうしては泣くやうに

「今までかういふこととは知らず信用しきつてゐた。今までの友情なんか、何になるか。それとも知らず援助をうけてゐたのを考へると……」

と身をもんで怒り続けるのです。

――中略――

その日も過ぎ翌日になると兄は私に

「まあとにかく、家におくことにした」

と、それだけ言つてゐました。然し機嫌は依然として悪く、すつかりとげとげした物言ひで何を言ひつけるにも

「光ちやん！」「いね！」と呼んで、決して節子さんを呼ばうとはしないのです。

だが、この機嫌の悪さも二三日ぐらゐでしたらうか、私は学校から二学期のため準備もあるし早く帰つて休養しなさい、と申して参りましたので九月十四には出発、名古屋に帰りましたのですが、その朝などは、もういつもの仲のよい夫婦になつてをりました。

――後略――

・・・・・・・・

光子の主張では、節子と郁雨とは不倫の関係にあり、郁雨から節子宛の手紙によりそれが露見して啄木は激怒して郁雨と義絶した、というものである。

読者はこの文章に何処か可笑しい、訝しい、とは感じないだろうか?

親友と妻の間の不倫が露顕したことで烈火の如く怒った啄木が二三日くらいで元の仲の良い夫婦に戻る、なんてことは有り得ないのではないか、というのが筆者の第一の疑問である。

以下本書で「不愉快な事件」についての私の論考を展開して行く。

第一章　啄木の妹・三浦光子著をどう読むか

一　誰が書いたのか？

啄木の妹・光子は以下の二冊の著書を著わしている。
『悲しき兄啄木』（初音書房　昭和二十三年〈一九四八年〉）
『兄啄木の思い出』（理論社　昭和三十九年〈一九六四年〉）
光子の著書は、特に幼少年時代の啄木については貴重な文献となっているが、啄木が言ういわゆる「不愉快な事件」についての光子の見解が述べられていることで重要な文献となっている。これらのことについて私の論考を進めて行く。

『悲しき兄啄木』冒頭部分

妹としての悲願
兄啄木が生きてゐれば今年（昭和二十二年）はもう六十二歳です。吉田孤羊さんの名著『啄木を繞る人々』には私が「明治二十一年十二月十二日澁民村で生まれた。啄木より三歳下で……」とありますが、私はその年の十二月十二日生まれで兄の二歳下です。

『兄啄木の思い出』冒頭部分

妹としての悲願——序にかえて——

兄啄木が生きていれば今年（昭和三十九年）はもう満七十八歳になる。吉田孤羊氏の著「啄木を繞る人々」に私が「明治二十一年十二月十二日渋谷村で生まれた。啄木より三歳下で……」とあるが、私は十二月二十日生まれで二歳下である。

両方を一読して気付くのは両文はほとんど同文であり、『兄啄木の思い出』は『悲しき兄啄木』のほとんど丸写しということである。違っているところは「ゐ」は「い」、「澁民」は「渋民」などのように昭和二十二年から十七年経過の昭和三十九年になっての現代仮名使いと漢字の簡略化、他には「吉田孤羊さんの名著」が「吉田孤羊氏の著」となっている。「今年（昭和二十二年）はもう六十二歳」は「今年（昭和三十九年）はもう満七十八歳」となり、年月経過を意味している。

全体的なこととしては、「ですます調」が「である調」になっている。誕生日は「十二日」が「二十日」と変更されているが、これは「二十日」が正しく『悲しき兄啄木』のほうの誤植と思われる。

なお、啄木の誕生日については「明治十九年説」と「明治十八年説」があるのだが、光子は「明治十九年説」をとっているのに対して吉田孤羊は「明治十八年説」をとっていることがこの文で了解できる。光子は実生活に依拠してのものであり、孤羊は「真実はどうなのか」という研究者的真実を重んじてのことのようである。

なお、『悲しき兄啄木』は頴田島一二郎が発行のお手伝いをしており、『兄啄木の思い出』には川崎むつがお手伝いをしている。一二郎もむつも自らそれを認める文を書いて活字化している。お手伝いのレベルがゴーストライターとでも言える程なのか、それ程とまでは言えない程なのか、の判別は難しい。しかし私には光子本人が書いた文章か、お手伝いをした人が書いた文章か、は文章の調子で大体見当がつく。私の所感では一二郎はお手伝いというよりもゴーストライターに近く、川崎むつをはお手伝い程度である。しかし川崎むつがお手伝いしたものも、そもそも一二郎が書いたものの引き写しであるから、光子自身が執筆したオリジナリティーという点では甚だ疑わしい。しかし一二郎は光子の心情を聞き取って書いたものだから、また活字化に当たっては当然光子も自著として目を通しているであろうから、光子の心情と異なる内容が書かれている訳ではない。

なお・二郎はこのことについて次のように書いている。

私が三浦夫人の先著『悲しき兄啄木』のお手伝いをしたのは、昭和二十二年盛夏の候だったように思う。……中略……

全文私が書き取ったには違いないが、三浦夫人が昭和四年頃雑誌『呼子と口笛』に書いた『兄　啄木の想い出』を写したり、その口述を筆記したのだから、お手伝いをしたというのが正しいだろう。

　三浦夫人はこの本に意欲を燃やしていた。……中略……

ただそういう夫人の激しい意欲というものは明瞭に伝ってくるものがあった。あの本にそれがそのまま伝っていないとしたら、それだけは私の筆加減であったといえるだろう。（時間の穴　私の啄木談義『現代短歌』特集・石川啄木　現代短歌の会　一九六四年）

「全文私が書き取った」や「私の筆加減であった」からは実際に書いたのは一二郎であったことが推察されるのである。一九六四年とは『兄啄木の思い出』が出版された年で、これを読んで一二郎は十七年前『悲しき兄啄木』を書いたことを思い出したのである。

なおむつをも『兄啄木の想い出』のお手伝いをしたこと、光子の家に何泊も泊まり込んだり、口述筆記したことを青森の啄木関係資料で活字化している。


　光子が悲願の節子の不貞を告白した本の発行に協力したのであった。光子の神戸の家に何日も滞在して口述を筆記しながら、本の話をして貰った。（『妹の眼のうた』樹木2　青森県啄木会　昭和六十二年十月）

むつをは一二郎が書いたものの現代仮名使いへの変更、「ですます調」から「である調」への手直し、などを行っている。『兄啄木の思い出』には『悲しき兄啄木』に書かれていない文章も追加されているが、創作という意味では一二郎ほどの大きな役割を果たしているとは思われない。なお『悲しき兄啄木』には写真は一枚も掲載されていないが『兄啄木の思い出』には六十枚の写真が掲載されている。これはむつをの編纂意識が大きく働いているように思われる。

音楽の場合、作曲に対して編曲という言葉がある。昨今の漫画や劇画と言われるもので『子連れ狼』『巨人の星』『釣りバカ日誌』のようにストーリーの原作者と作画が別人の場合がしばしば見られるが、その場合でも原作者や作画者は実名を公表していることが原則のようである。光子の著書の場合は、三浦光子原作、頴田島一二郎執筆とするのが最も真実に近いようである。しかし一二郎の名前は一二郎自身が『現代短歌』で公表するまでは秘匿にされていたので、やはりゴーストライターだったと見做されてもしょうがない。『兄啄木の思い出』は三浦光子原作、頴田島一二郎執筆、川崎むつを編纂というところであろう。

なお一二郎がこのことを公表したことに対して、光子は一切口をつぐんでいる。光子に疚しいところがあるからとしか思われない。光子自身が書いた文章は感情丸出しの傾向が強く、一二郎が書いたような流麗な文章とははっきり区別できるのである。

このような人物がいたとしても公的には光子の著となっており、その内容については光子に著者としての責任があることは当然のことと考えねばならない。

なお『兄啄木の思い出』の一四六頁までが『悲しき兄啄木』の引き写しである。一四七頁から最後の二四四頁までは追加された文章からなっており、これには一二郎は関与していない。

なお藤坂信子氏は『羊の闘い　三浦清一牧師とその時代』（熊日出版　二〇〇五年）で、光子が書いた本書の前身に該当する「兄啄木のことども」（九州日日新聞・石川啄木追悼号　大正十三年四月十日から十三日まで）について「文体や表現のなかに清一（光子の夫・三浦清一）を感じさせるものがある」と、疑問を投げかけている。こうなってくるとゴーストライターの一部に清一のゴーストも潜んでいるかも知れない。

『兄啄木の思い出』は以下の三部構成となっている。

第一部　兄啄木の思い出
　幼き日の兄啄木
　礎を築くころ
　悲劇はかくして
　兄を追う劫火
　啄木最後の苦杯
　墓を移すもの

ここまでが『悲しき兄啄木』の書きなおしとなっている。

兄啄木を語る
思い出
啄木から渡された聖書―三つの召命
寂寞

第二部　諸家の啄木研究について
阿部たつを氏著「啄木と郁雨」から
岩城之徳氏著「石川啄木伝」「石川啄木」から
「啄木の幼き日の恋人の供養碑」について

第三部　父一禎歌抄
父の歌抄について
父一禎歌抄

啄木と私………丸谷喜一

ひとりの人間の証言………服部　正
あとがき

二　何が書かれているか ①不愉快な事件以外

本書では二冊の著書のうち後に出された、つまりより新しいほうの『兄啄木の思い出』を取り上げて主に第一部『兄啄木の思い出』についての論考を展開して行くこととする。

〈十五〜十六頁〉

兄も私も負けず嫌いだから、私が負けてさえいれば兄の機嫌はいいのだが、少しでも勝とうものならたちまちふくれあがり、二人の間は、母に止められるまでけんかになっていった。そして私がいつも、女で年下なのだからと母に叱られる。いかにも損な話であった。あるときなどは、兄が例の大きないろりの火を火箸でとばし、私はやけどをして泣きだしたが、母はそれさえも
「そんな小さな火がとんだってあついはずがない」と私を叱った。――このときは父が見かねて、
「どんな小さい火でも火はあついものだ。一がわるい」
と、兄のほうがひどく叱られたが、ともかく、こうした空気でもわかるように、兄はなん

といっても一粒種の男の子、一家の寵児として、きわめてわがままないたずらっ子に育っていったのはたしかである。

この文章から、光子は啄木に負けないくらい勝気な性格であることがわかる。しかしながら母・カツは啄木ばかりを大事し、光子は疎んじられていた。そのため光子のうっ積した母への不満が推測される。それに対して父は啄木の天才におおられてはいても光子には優しい一面もあったようである。

〈十八頁〉
兄のわがままは、夜夜《ママ》中でも「ゆべし饅頭」がほしいといいだすときかないで、家じゅうを起こしてしまう。やむなく起き出してそれをつくってやるというあんばいであった。

啄木の自己中心的なわがままな性格特徴を説明する時に良く引用される文献である。
この文章から啄木一家の家庭内における人それぞれの位置づけや精神的力関係がわかってくる。啄木には姉が二人いるが年が離れており同胞らしい同胞は啄木と光子である。年も二歳しか違わない。そのため啄木と光子は緊密な関係にある。しかしながら緊密ではあるがまったく異なる位置づけとなる。

啄木は、女が二人生まれた後になかなか生まれてこなかったが、ようやく生まれた待望の男の子である。特に母・カツは啄木を溺愛する。

このことについては啄木は次のように詠んでいる。

・ただ一人《ひとり》の
をとこの子《こ》なる我《われ》はかく育《そだ》てり。

父母《ふぼ》もかなしかるらむ。(『悲しき玩具』183) *以下、番号は歌集の歌番を表わしています。

・父母のあまり過ぎたる愛育にかく風狂の児となりしかな
(明治四十一年歌稿ノート「暇ナ時」六月二十五日)

それに対して、啄木の二年後に生れて来た光子は、待望ではなくて啄木の添物みたいなものである。啄木が妹光子を詠んだ歌がある。

・母われをうたず罪なき妹をうちて懲せし日もありしかな
(明治四十一年歌稿ノート「暇ナ時」六月二十五日)

光子は啄木の代わりに悪戯の罪を着せられて打たれるのである。こんな割の合わないことはない。光子が唯唯諾諾とした軟弱な性格であったらどんなことになるか知れたものではない。光子は勝気で自己主張の強い性格にならなければ存在は無視されてしまう。どんなことをしてでも自分の存在を示さなければならない。

・わかれをれば妹いとしも赤き緒の下駄などほしとわめく子なりし

（明治四十三年歌稿ノート「暇ナ時」八月三日夜―四日夜）

啄木は黙っていても何でも買ってもらえる。しかし光子は黙っていたのでは何も買ってもらえない。普通にしていても買ってもらえない。わめきちらすように自己主張をしないと買ってもらえないのである。

ここに光子の悲劇の原点があるように思える。

〈十八頁〉

父は父で、道具ひとつ作るにも、これは一のものだといって、自ら筆をとって「石川一所有」と書き入れたものである。

啄木の道具に名前を書き入れる必要が生ずるのは小学校に入るからであろう。ところが啄木が小学校に入学する時は「石川一」ではなく未だ母の姓で「工藤一」であった。一二郎がそのことを知らなくて書いたのか、光子がそのことを秘しておきたかったのであろう。このことについては別項でも論じなければならない。

〈二十六頁〉

中学時代の兄は休暇になると渋民へ帰ったが、海沼の従兄や、中学の友だちが誰彼となく渋民村へおしよせてきた。父は「これではまるで石川ホテルだ」と笑っていたほどである。

次の四十一頁、四十三頁につながるもので、啄木の家には友人が集まる。

〈二十九頁〉

父は兄の内にひそんでいた文学的才能を理解することはできず、ただ目に入れても痛くないたった一人の男の子として、ごくふつうの月給取りに育つことを望んでいた。

つまり父・一禎は啄木に対して宝徳寺の住職として後継者になることを望んではいなかったということであろう。住職となるための教育もしていなかったと思われる。

〈三十二頁〉

節子さんは二日も三日も腰をすえて帰らないこともあったので、父はなんともいわなかったが、母は面とむかっていったりしたことを記憶している。


啄木と節子の恋愛時代。十四～五歳のころと思われる。節子は大胆にも啄木のいる宝徳寺にやってきて泊まり込んで帰らなかった。父・一禎は黙認していたようだが母・カツは節子に面と向かって注意した、ようである。

母はこんな厚かましいほど行動力のある節子に圧倒される思いを予感していたかも知れない。母は啄木と節子の結婚は大反対であった。また節子の父・忠操も大反対でその後節子を啄木に会わせないために自宅に監禁した程である。

その後、啄木の母・カツは節子とは姑と嫁の関係になるのだが、嫁の圧力に圧倒されて行くことになり、その状況については後に金田一京助が「弓町時代の思い出から」（『石川啄木』文教閣　昭和九年一月）に生々しく書いている。


〈四十一頁〉

兄の帰郷を聞き伝えるとまた盛岡からの来客は繁くなり、急に家のなかがいそがしくなったように思われた。まるで家のなかのすべてのものは、兄のために動いているような感があった。

〈四十三頁〉

夜になると毎夜のように、子どもたちや若い人たちがかわるがわる訪れてきた。静かな山房の兄の室からは、おそくまで絶えず談笑の声が聞こえていた。

中学を中退して上京して落ちぶれて帰省した啄木の家に、わざわざ盛岡から友達が訪ねてくるのは何故であろうか。その後の函館でも最後の東京でも、啄木の住居は友達の溜まり場となる。何かしら友達を引き付ける魅力が啄木には備わっているのである。

啄木に対して、キザで頑固で自己中心的で、借金を踏み倒して、友人に対して義理を欠き、等々のため、友人は次々と去って行った、と評論する人がいる。しかし啄木の家は渋民、盛岡、函館、小樽、釧路、そして東京、と何処でもいつでも友人たちの溜まり場となる。啄木には人を大きく受け入れる許容力が大きいことと、集まってくる友人に対して貧乏なため物質的サービスはできないが、精神的サービス精神が大きいことがうかがわれる。啄木の家にいけば何となく楽しくなる、何となくうれしくなる、満足感を感ずる、また啄木の家に行ってみたくなる、ということであろう。啄木は自己主張は曲げないが友人に対する細やかな心遣いがあるからと思われる。なお直ぐに自己主張を曲げてしまう人物は面白くない魅力のない人物で、そんな人のところには友達は集まらない。

〈四十四頁〉

壇《マ》家のなかには、兄に対しても、よくはいわない者もでてきはじめていた。

「お寺のぶらり提燈が帰ってきている」

という悪評はしばしば耳にするところであった。

そもそも、一禎が日戸の常光寺から渋民の宝徳寺に転出したことにはかなりの無理があった。宝徳寺の前住職派と見做される檀家は、一禎のことはそもそも好意的ではなかった。そのことについては啄木も光子も何ら与り知らないことではあるが、宝徳寺の檀家の中には反一禎派が潜在していたのである。それまで潜んでいた反一禎派が頭をもたげ始めたということのようである。

〈四十八頁〉

兄は母の反対に対して、もしいけないとならば人ひとり死なせますよ、といって結局話をすすめることになったのであった。

啄木は節子と結婚できないなら死ぬといって母を脅迫して、むりやり結婚を承諾させたようである。啄木はこの時のことを回顧して次のように詠んでいる。

・君よ君君を殺して我死なむかく我がいひし日もありしかな

（明治四十一年歌稿ノート「暇ナ時」六月二十三日夜十二時より暁まで）

結局啄木と節子は親の強力な反対をむりやり押し切って結婚に漕ぎ着けたのではあるが、それは嫁・節子と姑・カツの軋轢の要因の一つとなったし、それよりも啄木夫婦と節子の父・忠操との軋轢が基本的には解消されないままの強引な結婚強行となってしまった。そのことが啄木の忠操に対する苦手意識、忠操恐怖症の大きな要因となっている。また「不愉快な事件」の真の原因ともなっていると考えられる。

〈四十九頁〉

節子さんはその後ずっと私にはなんでも話し、親しげに「みっちゃん、みっちゃん」といって、かわいがってくれた。

最近書き写しが発見された節子から光子への手紙の冒頭は「みっちゃん、今日は雨の降るいやな日です。……」から始まっている。

〈六十二頁〉

何日のことだったか、戦勝勇士たちの凱旋祝いの日であった。例によって各戸に国旗をだすようにというお触れがまわってきた。そのとき兄は頑として国旗をだすことを許さず、「国旗をだす必要はない。だすなら黒旗をだせ」と怒鳴り、とうとうださせなかった。兄の二十歳のときのことである。

啄木は日露戦争開始のころは「戦運余録」などを書いて好戦的であったが、終戦の時には反戦思想になっていたのであろうか。啄木の思想遍歴をめぐる大きな研究課題である。

〈百四十九頁〉

『悲しき兄啄木』の引き写しは一四六頁までなので、この部分は一二郎は関与していない。

それに加えて兄には誰にもいえない大きな家庭的な悩みがあったのです。啄木研究家はたくさんいますが、この事実だけは誰一人知らないようで、貧よりも、病よりも、死よりも辛かったであろう兄のこの悩みを知るものは、妹の私ともう一人いるだけです。しかし今はその真相にふれるのはやめておきます。

この文は昭和十二年四月十二日「兄啄木を語る」と題して熊本放送に寄せられたものである。啄木が抱えていた誰にも言えない大きな悩みとは何であろうか。既存の啄木研究者はまだこれについて解答を出していない。

この問題は「不愉快な事件」を指すものではない。「不愉快な事件」ならば光子の考えでは妹の光子の他に郁雨と啄木の姪・イネが知っていることであって、光子以外には一人だけではない。この問題の解答のヒントとして啄木は次のような文言を残している。

・(生れにし日に先づ翼きられたる我は日も夜も青空を恋ふ)

(明治四十一年歌稿ノート「暇ナ時」七月二十二日)

・かなしみといはばいふべき
物《もの》の味《あぢ》
我《われ》の嘗《な》めしはあまりに早《はや》かり(「煙 一」『一握の砂』160)

底の知れない、一生免れることの出来ないやうな悲しみが胸に一杯だつた。

(明治四十四年四月二十六日日記)

頭の中に大きな問題が一つある。それを考へたくない。何とかしてその昔からの問題、一生つゞきさうな問題を忘れたい。（明治四十四年四月二十七日日記）

大掃除！　大掃除！――こんなことを思った、わたしもわたし自身の大掃除をやらなければならないのだが……」（明治四十四年十月三十日日記）

私の論考では啄木の「誰にもいえない大きな家庭的な悩み」とは出生の不条理である。啄木の父・一禎は曹洞宗のお寺の住職のために正式な結婚をすることができず、啄木の姉二人は檀家に生まれたことにされ、それを養子に貰ったことになっている。啄木は母・カツが父親不明で産んだ私生児として届けられ、そのため小学校二年生まで工藤一と呼ばれていた。二年生になって父の実の子と認められたのではなくて、父の養子となって石川一となっている。つまり公式には石川啄木（石川一）は両親が正式に結婚して生まれて来た子供ではないのである。

啄木がこのことで大きく悩んでいたとすれば事態の全体が良く理解できる。昭和十二年当時にこのことを知っていたのは光子の他には次姉・トラだけである。

この問題については大きなテーマとして別に論じなければなるまい。

三　何が書かれているか　②不愉快な事件関連

〈二頁〉

ことに金田一京助氏の「啄木末期の苦杯」(「婦人公論」昭和二十二年七月号）を読んで、私がすっかり兄嫁いじめの小姑にされているのを知り、それについても私の立場から、啄木の妻節子のいわゆる晩節について、はっきりしていることだけは書いておかなければならないと思った。

京助が「啄木末期の苦杯」を書いたことがきっかけで、京助と光子の関係は良好なものではなくなっていく。

啄木が死に直面しているとき、ひとつの事件から、もっともきらいになった函館、妻の節子にも絶対に帰ってはいけないと遺言した函館に、当時石川家の戸主であった父の同意もなく、その墓を移したことに対して、私たちがどんなに不満に思っていたかということも、一度は聞いておいてもらいたいことである。

「死に直面」は些か大袈裟であろう。事件から啄木の死没までは半年以上経過している。啄木は節子に「函館に行くな」と言ったことは確かのようだが、「函館が嫌いになった」とはどこにも書いていない。「函館に行くな」の意味を厳密に検討することが必要である。石川家の戸主・一禎は墓の建立に同意した訳ではないが反対もしていない。お任せするという態度だったようであるが、実質的には黙認イコール承認となっている。「墓を移した」ではなくて元々石川家の墓は存在していない。正確には「遺骨を移した」である。「私たちがどんなに不満……」については光子以外の人が不満を漏らしている資料は見当たらない。正確には「私がどんなに不満」であり光子の一人芝居である。

〈四頁〉

ただ伝記のなかから兄啄木およびその周囲の人々を地上におろし、人間としての理解にたった新しい啄木観にもどってもらいたいというのが、長く生き残った妹の悲願なのである。

序文の結びである。周囲の人々としては妻・節子と義弟で親友の郁雨を意味し、彼らの不倫をあばきたい、というのが本書の最も大きな主旨であることを序文で述べているのである。

〈四十六頁〉

『兄啄木の思い出』は『悲しき兄啄木』とほとんど同文と前述したが、「ほとんど」であって「完全丸写し」でもない。実は『兄啄木の思い出』の四十六頁に本来書かれているはずの文章が書かれていない。『悲しき兄啄木』には次のように書かれている。

その時夫人は「結局啄木研究家も澤山あるが、金田一さんが一番正しいでせうね」と言ってをられました。私はその事では色々考へさせられることがあるので「あながち、さうばかりもいへないでせうね」と當らずさはらずの返事をしてお別れしたのです。

その夫人とは滝浦さめ子・旧姓上野さめ子である。上野さめ子とは啄木が

・わが村《むら》に
初《はじ》めてイエス・クリストの道《みち》を説《と》きたる
若《わか》き女《をんな》かな　（「煙　二」『一握の砂』243）

と詠んだ女性である。
さめ子が、啄木に関しては金田一京助が正しい、と言っていることに対して光子は異を唱えているのである。「不愉快な事件」に関しては京助は光子に与していないことに対して光子は遺憾なのである。
この箇所を『兄啄木の思い出』では割愛している意味が良く解らない。さめ子を敵に回した

くないための配慮かも知れない。

〈七十七頁〉

昭和十五年ころだったたか、熊本でひらかれた矯風会大会に出席すると、守屋東さんが私をつかまえて、

「あなたはずいぶん兄さんをいじめたのですね、お芝居で見ましたわよ」

といっていいた。お芝居というのは藤森成吉さんの書かれた「若き啄木」が、そのころ新橋演舞場で前進座の人々によって上演されたので、そのことをいったのであろう。

〈八十頁～八十一頁〉

こんなふうに兄の気持や動作についてゆくのでなく、一歩さがって客観視している私の冷静さ、そういう性格が言い伝えられるままに、啄木を劇化する場合などに利用されるのであろう。藤森成吉さんの「若き啄木」の時もそうであったのだろう。

けれども、現在生きている私という人間を、そういう劇化のために多少なりとも敵役的性格として誇張されることは本人にとって気持のよいものではない。まして、事実を曲げてある場合などは不愉快でたまったものではない。

それでも藤森さんは事前に私に了解を求められ、また上演した前進座からは、縁起の大

入袋やスナップ集を送ってくれた。

　これに反して例の日活が兄を映画化した「情熱の詩人啄木」のときは事前の了解ということがなく、上映まぎわになって送ってきたシナリオを見て、私はたいへんおもしろくない思いをさせられた。そして、まだ当時生きていた父と私および、死んではいたが母と、この三人だけ名まえをかえてもらった。はじめははっきり本名にしてあったのだ。

　なるほど、画面はきれいであっただろう。兄はよく描かれていただろう。しかしそこにでてくる啄木の妹――すなわち私ならぬ私が、あまりにも私の誇りを踏みにじっているのにはいう言葉もない。

　私は非常に憤慨したのだが、それについて金田一さんは、

「啄木はもはや個人ではなく公人だ。あなたは今更、そんな細かいことはいわないでもよいではないか」

という意味の手紙をくれた。それも頭から、

「兄さんのことをぐずぐずいうな」

というような書き方なので、また私は怒りを新たにして金田一さんにも大いに反駁した。もちろん金田一さんの兄に対する感情はわからないではない。しかしそれだからといって、私が衆人のなかで恥をさらさねばならぬということはない。兄は伝説のなかに閉じこめられた存在であるが、私は社会の人々に注視されながら現実に生きている人間なのだから。

七十七頁とこの部分が光子が本書を著した本当のきっかけと思われる。

啄木伝を小説や芝居、映画にする時には主人公の啄木の他に、啄木の味方となる善玉や啄木の足を引っ張る悪玉、それに引き立て役やオドケ役、などを散りばめて話を面白くすることが必要となる。それが実際以上に誇張されることもあるであろう。そんな時に悪役にされたのでは堪ったものではない。光子は自分や、母・カツや父・一禎が悪玉にされ、節子や郁雨が善玉にされていることが我慢ならなかったことがこの文章から了解できる。この光子の心情は理解できるし共感もできるものである。

しかしながら光子はその感情のあまりに、本当の悪玉は自分たちではなくて、節子と郁雨である、と言いたかった。このように考えると本書出版の意図が良く理解できる。


〈九十九頁〉

私は兄の死の直前の心境について、どうしてもいいたいことがある。そしてそのことをいわないと、啄木の墓を函館にもっていったことに対する私の強い不満の意味が説明できないのだ。


啄木の墓ないしは石川家の墓を函館に建立することに強く反対しているのは光子だけである。石川家には先祖代々の墓はなかった。啄木の父・一禎は父親も定かでない。生まれて養子に出されたり戻されたり、結局寺に預けられたりで、自分が入る墓はなかった。また啄木の死後節子は房江を出産後に函館の実家を頼って帰る途中、盛岡に立ち寄る。そこで啄木の遺骨を埋葬するための墓を検討するのだが協力者を得ることができずに函館に向かう。

だから石川啄木の墓を建立してくれることは石川家側からしても本来は感謝するべきことがらなのであるが、光子は一人大反対であった。しかし光子の力量も弱く墓は建立されるのである。光子が函館の墓建立に反対する理由は「不愉快な事件」の本質をどう考えるかの根幹にかかわることなのである。

〈百頁〉

お前の知つてゐるあの不愉快な事件も昨夜になつてどうやらキマリがついた、家に置く、然しこの事についてもう決して手紙などにかいてよこしてくれるな、

明治四十四年九月十六日に啄木から光子宛の手紙の一節の紹介である。光子は、啄木が書いた「不愉快な事件」とは郁雨と節子の不倫問題と考えて、「節子の晩節問題」と言っている。

〈百九～百十頁〉

その同じ年の暑中休暇には七月二十日から九月十日までをこの家ですごした。

明治四十三年の夏、光子が啄木宅に泊まったのは五十三日間ということになる。この期間は節子が家出をした九カ月後のころである。そのころ節子が家出をしたのは母・カツのせいとされ、節子に再び家出をされないためにはカツは自分を抑えるしかなくストレスが最も溜っていた時期である。

〈百十八頁〉
「今日かぎり離縁するから薬瓶を持って盛岡に帰れ！　京子は連れていかんでもよい。一人で帰れ！」
とたいへんな勢いである。

この時節子の実家はすでに盛岡にはなくて函館である。啄木はそのことを知っているから「函館に帰れ！」というべきところなのである。つまり啄木が言ったというこの言葉は、節子の実家が函館に移ったことを知らなかった光子のでっち上げくさい、と疑われている。

〈百十九頁〉
知らず知らずの気持ちから、多少わがままになり、ある面で女王のように振舞わしたのではあるまいか光子からみた節子の態度姿勢振る舞いについての光子の所感である。

節子は九人同胞の長子である。下に妹が五人、弟が三人いる。末っ子は節子が啄木と結婚してから生まれている。

これだけ下の同胞がいれば節子は親から下の子の面倒を見ることを否が応でも期待されてしまう。そして節子はそれに応えてきた。つまり節子は超しっかり者となり、下の妹弟たちのリーダーとなる。彼らを従わせなければならない。節子にはそういう資質が身についていた。それが女王様のような振る舞いに光子には見えたようである。

光子は逆に啄木の代わりに罪を被って打たれる奴隷のような存在であり、光子の資質とあまりに異なる節子の資質や振る舞いに大きく刺激されたことと思われる。


〈百二十頁〉

だが、この機嫌の悪さも二、三日ぐらいだったろうか、私は学校から二学期のため準備もあるから早く帰って休養しなさい、といってきたので、九月十四日に出発、名古屋に帰ったのだが、その朝などは、外見はもういつもの仲のよい夫婦になっていた。

光子の説では郁雨から節子宛の手紙で郁雨と節子の不倫を知った啄木がひどい剣幕で怒ったのだが、二、三日ぐらいでいつもの仲の良い夫婦になっていた、ということである。外見はそうみえても内面はどうか、という考えもあるかも知れないが、少なくとも外見では元の仲の良い夫婦に戻ったように見えた、と言うことであろう。

妻と親友が不倫の関係と知って激怒して、二、三日で元の仲の良い夫婦に戻れるとはあまりに不自然である。啄木が激怒した真の理由は別のところにあり、それが解決したので啄木は機嫌を直して元の仲の良い夫婦に戻った、と考えたほうが自然であろう。


〈百二十頁〉

「真相は堀合にいってあるから、おまえはそれをよく覚えていてくれ」と何度もいった言葉が今でも耳の底に残っている。


この文章では啄木は忠操に何かを伝えたことを示唆している。光子の説では節子が郁雨と不倫関係であることを啄木は忠操に伝えたことになるが、忠操に伝える意味がはっきりしない。郁雨と節子が不倫の関係だと仮定してもそれは忠操とは関係のない話であって、忠操が出てくる幕ではない。

また郁雨と節子の不倫関係を啄木が節子の父・忠操に伝えるとしたら、節子が怪しからぬことをしたので離縁するから節子を実家で引き取れ、というのであればまだ理屈があう。しかしそのようなことは到底考えられない。

つまり真相は、忠操が大きくかかわるけれども、不倫とは別のことがらであることが光子のこの文章からも読み取れるのである。

郁雨が節子に対して「病気の具合が悪いのだったら、実家に帰って静養したらいいのでは…」と実家に帰ることを唆したのに対して、啄木は実家の忠操に、節子を実家に帰せない実情を伝えた、と解釈すれば流れが自然である。

〈百二十二〜百二十三頁〉

ただ、正直に言つて私が節子夫人に悲しむことは、啄木の日記を啄木文庫へ託す時に、さすがに四十四年の日記（一六七頁の写真）は託さずに家へ遺した。それまではいいとしても、よく見ると、丁度問題のところは切り去つてある（中略）何か疚しいことがあつたのかと疑いを濃くさせるに役立つだけで、惜しいことである。（中略）歌人節子女史、貞婦節子夫人も、やつぱり女だつた。

この箇所は金田一京助の「啄木末期の苦杯」（『婦人公論』中央公論社　昭和二十二年七月号）からの引用である。

切り取られた日記に何が書かれていたか、そして誰が何のために日記を切り取ったのか、が問題である。光子説では郁雨と節子の不倫について啄木が書いてあるので節子と郁雨が共謀して切り取ったのであろう、ということである。京助は光子の説には反対の視点に立っているのであるが、この部分は光子にとっても利用できると考えて引用したものであろう。京助は主観的には良かれと思いながらも余計なことを書く傾向がある。

日記が切り取られた部分があることは事実であるから、それをどのように考えたらいいのかを検討してみる。

私の推測では、切り取られた部分には、啄木が忠操を怒らせる内容のことを書いていた。節子は啄木に嫁ぎ堀合家から石川家の人間になったのであり、本来は実家を頼りたくはなかった。しかしこのままでは飢え死にするばかりという極限状態となって仕方なく実家のやっかいになっている。忠操の大反対を強引に押し切って結婚した節子にとっては、実家には肩身の狭い思いでいるのである。そんな状況で父・忠操の機嫌を悪くさせたり、いわんや怒らせる内容が日記に書かれていたとすれば、いつ忠操の目にとまるかも知れない。私の推測ではこの部分を切り取ったのは節子で理由は忠操には見せられない内容が書かれてあったからである。


〈百二十三頁〉

私は啄木にも人間啄木であってほしいと、せつに思うのだから、節子さんも人間節子でよいと思う。

節子さんをすら「歌人節子女史、貞婦節子夫人」としようとしているこの弊が、従来の全啄木研究者の間に弥漫しすぎているのではないだろうか。

人間節子を認めることと郁雨節子不倫を認めることとは別の次元のことだと思うのだが、光子にとっては「歌人節子女史、貞婦節子夫人」では気に入らない光子の気持ちを表している。

〈百二十五頁〉

「だって叔母さんが出発した後からでも、節子さんが帯の間にはさんでいた宮崎さんの写真をおとして、それを叔父さんにみつけられ――おまえはまだ、そんな気持でいるのかと、叔母さんの知っているあのときより、もっとはげしく叔父さんが怒ってね……」

啄木の姪・いねの話として掲載されている。このままこの文章を信ずるとすれば、節子はよほど感情が鈍麻している人物である。郁雨との不倫で叱られたあともまだ郁雨の写真を着ものの帯にはさんでいて、しかもうっかりそれを落として啄木に見つけられた、という。不倫をする際の繊細な用心深さ、隠さなければならない切なさ、辛さ、これらの心情がまったく身についていないとしか考えられない。つまりとても真実とは思えない。不倫などと言うことをまったく経験したことのない、下手な小説家が書いた小説、つまり下手な作り話としか思えない。

そもそも郁雨が節子に対するラブレターを啄木の住所宛に出すこと事態があり得ないこと

で、ラブレターならばもっと細心で慎重な対応をするのが自然であろう。つまり問題の手紙がラブレターでなかったからこそ啄木の住所宛に書けたものであろう。

〈百二十五頁〉

この文言は、物議の起し手、並びに啄木生前に自ら解決した事実を明示するものである。

この文は京助が書いた啄木の年譜の引用である。前述の啄木から光子への手紙「お前の知つてゐるあの不愉快な事件も昨夜になつてどうやらキマリがついた、家に置く、然しこの事についてもう決して手紙などにかいてよこしてくれるな、」の解釈について京助は「キマリがついた」や「このことについてもう決して手紙などにかいてよこしてくれるな」という文言から「啄木は自ら解決した」としている。しかし光子はそれには反対である。

物議とは何で、物議の起し手は誰で、何のことかも知るはずもない大衆に対して、何を兄が生前に解決したことを明示するために年譜にのせたというのであろうか。

光子は物議を事なかれとして納めようとする京助に対して、節子と郁雨の不倫問題としての真相を暴きたかったのである。

〈百二十六頁〉

兄が節子さんに、

「ふき子さんは犠牲になったようなものだ」

と、たびたびいっていたのも覚えている。

「たびたび」とは一度だけではない。二〜三回という意味である。

ところで光子がこの時啄木宅にいたのは明治四十四年八月十日から九月十四日までの三十六日間である。この間に「ふき子さんは犠牲になったようなものだ」とたびたび言ったということになる。

郁雨から節子宛の手紙が原因で「不愉快な事件」が発生したのが九月十日ころである。「ふき子さんは犠牲になったようなものだ」の意味は『兄啄木の思い出』では節子と不倫の関係をもとうとするような郁雨と結婚させてしまってふき子さんは犠牲になったようなものだ、と解釈できそうである。

しかし本当のところはそんなに単純ではない。

〈百二十七頁〉

ここのところ（光子からの手紙を啄木は母に伝えた）は啄木書簡集に収められている兄

から私への手紙にくわしく書いてある。しかし、その当の本人の兄もすっかり弱っていて、もう筆がとれず、この手紙はじつは当時学生だった丸谷喜市さんの代筆であった。またこの手紙で兄の書簡は終りになっている。

啄木最後の手紙（明治四五年三月二十一日付石川光子宛書簡）は妹・光子宛で一三六頁に資料として紹介されている。

〈百三十六頁〉

お前の手紙は死ぬ前の晩についた、……中略……お前の送つた金は薬代にならずにお香料になつた、

しかし光子は最も肝腎な以下の部分を割愛している。

くれぐれも言ひつけるが俺へ手紙をよこす時用のないべらくした文句をかくな、お前の手紙を見るたびに俺は疳癪がおこる、……

この手紙を読むと「ふき子さんは犠牲になったようなものだ」とたびたび言った、の意味が

光子の意図したものと別の意味が了解されてくる。

実は「不愉快な事件」の遠因として、郁雨が啄木に対して「妹の光子を嫁にくれないか」と三度も申しこんだのだが、啄木は三度とも断っていることがある。啄木は郁雨の家庭の事情が複雑で大変な状況を知っており、我がままな性格の光子では宮崎家の嫁はとても務まらない、と考えたのである。宮崎家に嫁げば郁雨夫婦をふくめて七組の夫婦、子供たちを含めれば三十人にも及ぶ大家族の中に当主の妻として放り込まれるのである。

問題は光子が、この郁雨の結婚経過を知っていたかどうか、である。光子自身はそんなこと（郁雨が自分に求婚したこと）は知らなかったと言っているので、本人が知らないと言っているのだからどうしようもない。しかし、本人が知っていながら知っていない、と言っているかも知れない。

前述のこと、啄木が妻に「ふき子さんは犠牲になったようなものだ」としばしば言っていた、の「犠牲」とはどういう意味であろうか。光子の意図するような、郁雨のような男、妻の姉にまで性的に手を出すような男のところに嫁に行った、と言う意味であろうか。しかしもしそうだとすると「犠牲」という表現がしっくり来ない。犠牲というのは何か正当なことのために身を犠牲にする、という意味が肝要なのであって、郁雨の浮気を認めることがふき子による犠牲とはピンと来ない。啄木が言ったと言う「犠牲」とは郁雨の宮崎家の安泰や繁栄のためにふき子は犠牲になった、という意味のほうが犠牲と言う語の意味がすっきりする。

また節子にしばしば言った、ということも不自然である。ふき子を郁雨の嫁に推薦したのは啄木であるが、当然のことながら節子にも相談し節子の賛同も得ているに違いない。その節子に「ふき子さんは犠牲になったようなものだ」と言うであろうか、しかもしばしば。もし節子に言うとしたら節子に対して「犠牲を強いるような大変なところへ妹のふき子を嫁に推薦して、すまなかった」と啄木が節子に陳謝していることになる。このような論考はあまりにも不自然である。

事実はどうであろうか？　光子は郁雨の結婚の経緯を知っていた。そのため例え啄木の推薦があったとはいえ自分から節子の妹に鞍替えした郁雨に怨恨の感情が発生してきた、としても自然である。またそれは啄木の推薦とは言っても節子の差し金と考えることもできる。そうなれば郁雨ばかりでなく節子に対しても怨恨の感情が発生したとしても自然である。

啄木がしばしば「ふき子さんは犠牲になったようなものだ」と言った意味は、光子にことわりもせず自分の縁談を断ってしまったことで啄木を問いつめる光子に対して「郁雨の嫁になるということは大変苦労することで、〝ふき子さんは宮崎家の繁栄のために犠牲になったようなものだ。〟と説得した」という内容だとすると矛盾がなく自然である。光子は啄木のように短気であっさりした性格ではない。執着気質である。啄木にそのように説得されても直ぐには納得できず、繰り返し問い詰めるため啄木も「しばしば」と言わざるを得ない。

また光子が名古屋に帰ってからも、そのような内容の手紙を啄木にしばしば送りつけるので、啄木が癇癪を起こしてしまった、と考えても自然である。

　光子がいつごろこのことを知ったのかは、時期を特定することは困難だが、この時の啄木の家に同居していた母から聞いたことと推察される。前年の七月二十日～九月十日までの五十三日間の可能性も否定できない。

　このころの母・カツは姑として、嫁の節子との力関係が逆転しており、節子への不満がうっ積していた。（その詳細については京助が「弓町時代の思い出から」に書いている）。節子が一たん家出をしたのはカツのせいとされ、節子に二度と家出をされないためにはカツは自分を抑圧しなければならない。そのうっ屈した気持ちのはけ口を、たまたま来た京助にぶちまけてしまったことを京助は書いたのだが、京助は他人である。カツは身内である自分の娘の光子には京助にぶちまけた以上にぶちまけたことが推察される。この時にカツの口から光子は郁雨の自分のことも含む結婚の経緯を聞かされた、と考えれば自然である。

　しかし光子はこのことに関しては「聞いていない」「知らなかった」と言い張り続けているが、知っていたとしても「知らなかった」としか言えない。「知っていた」とすれば光子の主張は単なる個人としての怨恨から発生したと思われるのは必定だからである。


〈百二十八頁〉

　この手紙は長い間、金田一さんが貸してくれといってもっていっていたのだが、私の病中、主人が「返してほしい」と、たびたび申し入れてようやく送ってくれたので、兄の臨終前後のことを、書いてあるまま抜書してみよう。

この部分は『悲しき兄啄木』では次のように書かれている。

この手紙は長い間金田一さんのところに行ってゐたのですが、最近私の主人が私の病中「返して欲しい」旨申入れましたら、快く送って下さいましたので、兄の臨終前後のことを書いてあるまま左に抜き書きしませう。

この変化は何を意味しているであろうか。十七年後の変化では光子は京助に対する反発をより強めたと考えるしかない。

人の感情は激しいものであっても日数が経過するに従い、風化して行くのが一般的と思われるが、執着性格の人はますます感情的となって行くこともある見本となっている。

〈百三十三〜百三十四頁〉

節子さんはどういう気持なのか、兄の死後一人で写真をうつし、みんなに配ったが、その一枚は宮崎さんにも届けられているはずである。私もその一枚はもらった。そのとき着ていた着物も、私はよく知っている。そしてその写真が婦人公論の「啄木末期の苦杯」を飾っているあの写真なのだから、私はまことに妙な気持がして仕方がない。

啄木が亡くなった後、未亡人の節子は、お世話になった人々に啄木生前の厚誼に対する礼状とともに自分の近況を知らせる意味で写真を同封したものであろう。疑問なのは光子が何故「その一枚は宮崎さんにも届けられているはず」と思ったのかである。光子の考えでは、節子は「郁雨と不倫関係にあったため函館には行かない」と夫に誓い、郁雨とは手を切ったはずなのである。その郁雨には写真を送るはずがない、と考えるのが自然であろう。つまり節子と郁雨の関係は不倫のような疚しい後ろめたいものではないことを光子も覚えていたために、「郁雨にも届けられているはず」という考えになったとしか思えない。光子が隠蔽していた真実がポロリと顔を出しているようで、興味深いことである。

「私はまことに妙な気持がして仕方がない。」も光子の精神内界を見せているようで興味深い。何故「妙な気持」なのであろうか。実は光子は節子に対する怨恨感情をひた隠しにしていた。そのため節子は光子の感情を全くしらないまま死没している。そのため生前の節子は光子に対して心底から信頼と親愛の情をしめしている。この度活字で公表された節子から光子宛の手紙(『青森文学』第78号　二〇〇九年十月)でもそれを知ることができる。

ところで親愛の情を示されたならば普通は良い感情が生じて来よう。「妙な気持ち」は生じて来るまい。しかしながら怨恨感情を抱いている人から親愛の情を示されると、それは自分の感情と矛盾するのである。光子が節子から写真を送られて「私はまことに妙な気持がして仕方がない」と思ったのは、節子の自分に対する親愛に対して、怨恨の情を抱いていることの疚しさの表れと解釈される。

〈百四十四頁〉
吉田さんの「啄木を繞る人々」に、宮崎さんが「京子」という題で、函館新聞にだした歌に、

　その父といさかひしたる我とも
　知らじな
　汝の我をしたへる

こんなのがあると記されているが、人々はなぜもっとこの歌にある「いさかひ」の奥を訊してくれなかったのだろうか。

なおこの歌は『新編　啄木と郁雨』（阿部たつを　洋洋社　昭和五十二年）の六二頁では次のように紹介されている。（元は私家版郁雨歌集全十冊中『鴨跖草《つきくさ》』四〇頁に所収）

・その父といさかひしたる我ぞとも知らじな汝の我を慕へる

光子は啄木と郁雨の「いさかい」についてもっと研究してくれないのか、と不満を述べている。光子のいう「いさかい」は節子郁雨不倫を公認して欲しい、ということであろう。ところが光子が引用したこの歌も光子の節子郁雨不倫説を否定する論拠ともなっているのである。

この歌は、郁雨と啄木が喧嘩をしたことも知らないで啄木の娘の京子は郁雨を慕っている、と言う意味の歌である。郁雨にしてみれば、いさかいの真実を教えるにはまだ京子が小さ過ぎる。いつごろどのように伝えようか迷っている状況が推測できる。京子は当時節子の父・堀合忠操のもとで養育されていた。そこで育てられて郁雨を慕うということは、忠操と郁雨の関係が良好だったからであろう。

啄木没直後に忠操が節子を函館に来ることに賛成しなかったのは、忠操は節子と郁雨の不倫関係を知っており、忠操のもう一人の娘、節子の妹・ふき子が郁雨の妻となっていることから、郁雨夫婦の平安を思い、危機が発生することを避けるためだったのでは、という説がある。もしそれが本当ならば忠操と郁雨の間に矛盾するものが発生するであろう。忠操が孫の京子を養育するのに、家庭をおかしくする様な郁雨を京子が慕うように育てるはずがない。

つまり忠操のもとで養育されている京子が郁雨を慕うということは、郁雨と忠操の関係が良好だったことの証明であり、節子郁雨不倫説を否定するものでもある。

四　まとめ

光子は二冊の著書を著している。

それは、光子の悲願である、啄木のいはゆる「不愉快な事件」の光子が考えている真相、節子と郁雨の不倫関係を明らかにすること、を目的とするものであった。しかしながら光子の書をもってしてもそれは無理な論考であることが明らかである。いくら意図的にはからったとしても、真実を完全に隠蔽することはできない。真実とか本音が、無意識的に、思わずポロッと顔を覗かせる。

その意味では本を書き著すということは、ある意味においては恐ろしいことである。

郁雨は次のようなことを書いている。

　本当の研究のためには、この問題を世に送り出した本源をお読み下さることが必要と思います。そしてその全部を精読された結果としての回答を、まずその光子さんの書いたものからお受け取り下さることを希望します。少なくともある程度の事態が彷彿されることと思います。（「岩城之徳宛手紙」　岩城之徳『回想の石川啄木』八木書店　一九六七年）

郁雨の慧眼である。

補遺

『兄啄木の思い出』の出版を援助し光子と深く関わった川崎むつをが二〇〇五年（平成十七年）九月八日に亡くなったが、遺品の中からむつを宛の光子からの多数の直筆の書簡が発見された。その内容から推察すると、『兄啄木の思い出』出版の目的は『悲しき兄啄木』の再版という意味の他に、『悲しき兄啄木』に対する批判に応えるという意味が大きい。

「第二部　諸家の啄木研究について」でそれを展開している。特に阿部たつをに対しては敵意丸出しのような書き方である。川崎むつをとの書簡もその内容が多く、「第三部　父一禎歌抄」については光子・むつを間の書簡でもあまり触れられていない。つまり「第三部　父一禎歌抄」は歌人でもある川崎むつをがイニシアチブをとって掲載したものと推察される。

光子からむつを宛の膨大な量の書簡では、青森名産のリンゴを丸谷喜市に贈る手配をむつをに依頼するなど丸谷喜市への配慮のほかに、石川正雄には本書の出版をひた隠しにしていることが窺える。つまり石川正雄に出版を反対される、邪魔されると光子は思っていたからである。石川正雄は光子の「不愉快な事件」にたいする見解には反対であろうことを光子は感じていたことを意味する。

また川崎むつをは、光子の書の出版に関わり合っていながらその後は必ずしも全面的に光子に与する訳でもなく、光子の「郁雨・節子不倫論」にたいしては疑問を投げかけている。

第二章　明治四十四年四月二十六日啄木日記をどう読むか

序論

明治四十四年四月二十六日付の啄木日記には次のようなことが記載されている。

夜に、丸谷君から借りた中央公論の藤村の「犠牲」をよんで、しんみりした気持になつた。どの人も〳〵私にはなつかしく思はれる。さうして主人公の嫉妬！

底の知れない、一生免れることの出来ないやうな悲しみが胸に一杯だつた。

石井勉次郎はこの日記の紹介に続いて次のように書いている。

藤村の「犠牲」とは、のちに長編「家」の下巻（後編）に組み込まれた小説のことである。旧家一族の没落過程が、頽廃的な血統の問題と救いようもなくからみ合った様相を描いているのが「家」であるが、それを読んだ啄木が「主人公の嫉妬！」と、感嘆符つきで言うのは、主人公小泉三吉の妻お雪にたいする疑惑（結婚前の婚約者であった男との関係）を指すのであろうと推定される。『家』のモチーフやテーマにとっては、一つの伏線にすぎない主人公の煮えきらぬ嫉妬の問題に、啄木がここで強い関心を示したことが、わたしには見すごせないのだが、翌日の日記に「頭の中に大きな問題が一つある。それを考へたくない。何とかしてその昔からの問題、一生つづきさうな問題を忘れたい。——かういふ気分で予はト翁の論文を写したり独逸語をやったりしている。」という言葉がでてくる。この独白は、前日の「嫉妬」から尾を引き、それが拡大された心境として、読み取るべきではないのか。「昔からの問題」「一生つづきさうな問題」そうして「嫉妬！」——この関係からわたしが、はからずも想起したのは、約二年前、北海道の家族に付添って上京した宮崎郁雨と妻節子との馴れ馴れしいそぶりに、啄木が、ふと嫉妬を感じたという、あの一事件であった。（『私伝　石川啄木　暗い淵』桜楓社　昭和四九年）

その後、啄木のこの日記に関しては「座談会　啄木の魅力　作家・井上ひさし、筑波大学名誉教授・平岡敏夫、（司会）群馬大学教授・近藤典彦」（『国文学　解釈と鑑賞』特集・啄木の魅力　二〇〇四年二月号）でも次のように触れられている。

…………

近藤　啄木は明治四十四年四月二十六日の日記で「藤村の『犠牲』を読んでしんみりした

気持ちになつた。どの人も〳〵私にはなつかしく思はれる。さうして主人公の嫉妬！」と記しています。「主人公の嫉妬」には感嘆符を打っています。つづけて「底の知れない、一生免れることのできないやうな悲しみが胸に一杯だつた」と書いています。これは郁雨の節子あてのラブレターが来る四、五カ月前の日記ですから、ああいうことはまったく知らなかったんです。「犠牲」は三吉が主人公で奥さんがゆき。ゆきの妹ふくが勉と結婚している。

平岡　ゆき、ふく、勉は函館ですよ。

近藤　そうなんです。そして三吉、ゆき、ふく、勉の関係は啄木、節子、ふき、郁雨の関係と全く同じです。主人公の三吉はゆきと勉がむかし肉体関係があったのではないかと非常に疑いますね。

平岡　そうです、勉から手紙が来るわけですから。そしてゆきが出そうとした手紙が見つかるんですね。「犠牲」というのは単行本では『家』となった作品ですね。

近藤　そうですね。勉が上京している時に、ゆきが外出すると、三吉がひどくうたがい妬くわけです。勉の養父というのが一代で財を成したというので郁雨の父武四郎そっくり。構図の全体が啄木をめぐる構図そのままなんです。それを読んで、しんみりした気持ちになって、そして「主人公の嫉妬！」と言って「底の知れない、一生免れることのできないやうな悲しみが胸に一杯だつた」と書いている。あの啄木の勘でこうまで言うのですからね。深刻な疑いだったと思うのです。

石井勉次郎および近藤典彦氏、平岡敏夫氏、（さらには井上ひさし氏も）らは、啄木が藤村の小説「犠牲」（後に「家」と改題）を読んだ後の感想を書いた日記から、節子と郁雨の不倫を証明しようとしている。

構図の全体が啄木をめぐる構図そのまんま、とは次のようなことを指すのであろう。現実の啄木、節子、郁雨、の関係が、小説の三吉、雪、勉、の人間関係に似ている。郁雨の妻は節子の妹であり、勉の妻は雪の妹である。函館が舞台であること。郁雨の父が一代で財を築いたことと、勉の養父が一代で財を築いている。

これらのことから、小説の三吉が嫉妬したことに感嘆符までつけて日記に書いているのは、啄木が郁雨と節子の関係を疑っていたからではないか、との解釈である。

本論ではこのような解釈が妥当なものではないということを検証していく。

一　小説の構図とは似ていない

三吉の妻・雪は、三吉と結婚する前に勉と許婚者であった。三吉は雪と結婚してからそのことが心にひっかかり、そのため三吉は、雪と勉が結婚するべきではなかったのか、自分は雪と離婚して、雪と勉があらためて結婚したら良い。自分はそのための媒酌人になっても良い、という考えにまで至る。しかし勉からの手紙で、雪と三吉の結婚には何の咎めるべき問題もない、ということを知らされ三吉の懊悩は収束する。この内容は小説の前編で書かれている。四者（石井勉次郎、近藤典彦、平岡敏夫、井上ひさし）は小説の講図と啄木を巡る構図が似ていてそのまんまと主張する。

そういう目で似ている部分を探せば似ている部分がない訳ではない。しかし四者には大事な部分で似ていないところが目に入らないようである。

郁雨と節子がかつて許婚者であったという事実はない。三吉が結婚前の妻と妻の元の許婚者の勉の関係を疑うのはあり得ることとして共感できることではあるが、節子と郁雨には許婚者であったという関係はない。勉と三吉の関係は郁雨と啄木のような親友という関係ではない。また郁雨が啄木に対してしばしば経済援助をしたような援助を勉が三吉にしていた訳ではない。

最も異なる内容として、三吉は妻が妻の実家に行くことに対して大きな抵抗はないが、啄木は節子が節子の実家に行くことは徹底的に拒否している。つまり三吉と妻の実家の関係は良好であるのに対して、啄木は妻の実家とは義絶しているのだから大違いとしか言いようがない。

なお藤村の実際生活においても藤村は「破戒」の自費出版にあたり妻の実家の援助をうけており、藤村と妻の実家の関係は良好であった。一代で財を築いたのは郁雨の実父であって養父ではない。

構造がそっくりなのは、雪の妹が勉と結婚していることと節子の妹が郁雨と結婚していることと、それに雪と節子の実家が函館であることぐらいでしかない。

二　感嘆符！の意味

次に啄木が日記で「主人公の嫉妬！」と書いた感嘆符「！」の意味を考えたい。

感嘆符「！」とは、意外性とか驚嘆性の意味があるであろう。つまり自分の意とするところとかなり異なる事象についてつけられるのが感嘆符「！」と考えられる。

「家」を読んでみればわかることであるが、「家」には「！」と感じられるところが二点ある。

第一点は、主人公三吉が、雪と勉は許婚者だったのだから、自分は身を引いて、雪と勉が結婚するなら自分は媒酌人になっても良い、と思うくらいに懊悩する。しかし勉からの手紙で三吉と雪の結婚には何の問題がないことを伝えられ三吉は安堵する。

しかし啄木が日記に書いた後編では、勉と雪の関係に対する疑念が再燃してくる。

既に前編で解決していた問題であった筈なのに三吉の心の中では未だ燻ぶっていた、ということで、問題は解決していなかったのだ、という意外性が感嘆符「！」になったと考えられないこともない。石井勉次郎ら四人の解釈である。

しかしこの燻ぶりはどうという経過や理由もなく、日常生活の中で何となく解消されて行ってしまうのである。

第二点は、妻・雪が実家に行っている留守の間に兄の娘が家事手伝いに三吉の家に来るのだが、三吉はその姪にあやしく心が騒ぐのである。そしてその姪の縁談話がでてくると、三吉の心には嫉妬心も派生して来ることが考えられるのである。

第一点の、妻が昔の許婚者だった人物と手紙のやり取りなどをしたりしていることが判明すれば、夫たるもの些か心穏やかではなくなることは当然であろう。夫に猜疑心が発生したとしてもそれは、さもありなん、と了解が可能である。意外性とか驚くほどのことでもなかろう。

第二点の、三吉が姪に対してあやしく心が騒ぐことのほうが意外性、驚嘆性に満ちている。妻子がある身でありながら、いくら妻の旅行中の留守だからと言って、留守の間に家事手伝いに来ていた兄の娘にあやしく心情を傾けるとはあまりなことである。近親相姦でもある。第二点のほうが、第一点よりも遙かに意外性と驚嘆性、更には刺激性が強烈である。

なお啄木は早くに死没するので知ることはできなかったが、現実の島崎藤村は自分の妻の死没後に姪に子供を産ませるというスキャンダラスなことを行っており、小説の中のエピソードはその前触れのようなものであった。

藤村のこのような行為は、中里介山によって「鏢、いたな、今日はひとつ、てめえに膝詰談判に来たんだが、このお爺さんをひとつ、芸娼院の人別に入れてくんな、これは木曽の藤兄いといって、姪を孕ませて子まで産ませて追ん出した上に、それを板下に書いて売出した当代の甘いおやじさんだ、文書きの方では古顔なんだが、近ごろ拙者の子分同様になりやんした、よろしく頼む」（大菩薩峠）と批判され、からかわれている。

新潮文庫『家』には平野謙が解説をかいているが、裏表紙には小説の概略紹介として「三人の娘を失い、妻の留守中、姪にあやしい衝動を覚えて、自身に流れる旧家の頽廃した血におののく。」と書かれている。妻と妻の元の許婚者に対する主人公の猜疑心についてはまったく触れられていない。

啄木が日記につけた感嘆符「！」は三吉の姪に対するあやしい衝動に対してのほうが妥当に思える。啄木はこの日記を書く二年ほど前に「きれぎれに心に浮かんだ感じと感想」や「巻煙草」で藤村に対する敬愛と思慕の情を書いているが、そんな藤村の意外な一面を見ての感嘆符と考えることのほうが妥当と思われる。

「しんみりした気持になつた。どの人も〳〵私にはなつかしく思はれる。」は三吉の実家や、三吉の姉の嫁ぎ先の家が次第に没落していく様相が、啄木の故郷の家々が衰退没落して行く様とあまりに似ていることでしんみりした気持ちになり、小説に出てくる人々が自分の故郷の人々のように懐かしく感じた、ということであろう。啄木はそのように没落していく故郷の人々をたくさん歌に詠んでいる。

三　啄木の哀しみ

啄木がこの日の日記に記した

「底の知れない、一生免れることの出来ないやうな悲しみが胸に一杯だつた。」とはどういう意味であろうか？　石井勉次郎ら四者は、この悲しみとは、この小説によって触発された、妻・節子と友人・郁雨の関係を疑ったことによるものとの考えである。

翌日、四月二十七日の日記には

昨夜は二時半頃まで眠れなくて弱つた。

頭の中に大きな問題が一つある。それを考へたくない。――かういふ気分で予はト翁の論文を写したり独逸語をやつたりしてゐる。

は前日からの延長である。

「底の知れない、一生免れることの出来ないやうな悲しみ」「頭の中に大きな問題が一つある。それを考へたくない。」とはどういう意味であろうか？　石井勉次郎ら四者は、この小説によって、妻・節子と親友・郁雨の不倫関係の疑いを触発されたことによる悲しみ、との解釈である。

啄木がこの日記に書いた「悲しみ」とか「問題」は別のもっと大きな根本的な内容と思われる。啄木の次の歌の検討が必要であろう。

・生れにし日に先づ翼きられたる我は日も夜も青空を恋ふ

（明治四十一年歌稿ノート「暇ナ時」　七月二十二日）

・かなしみといはばいふべき
物《もの》の味《あぢ》
我《われ》の嘗《な》めしはあまりに早《はや》かり　（「煙　二」『一握の砂』160）

また啄木の妹・光子は次のようなことを書いている。

それに加えて兄には誰にもいえない大きな家庭的な悩みがあったのです。啄木研究家はたくさんいますが、この事実だけは誰一人知らないようで、貧よりも、病よりも、死よりも辛かったであろう兄のこの悩みを知るものは、妹の私ともう一人いるだけです。しかし今はその真相にふれるのはやめておきます。（『兄啄木の思い出』理論社　一九六四年）

日記に書かれた悲しみや問題はこれらと関係する内容であろう。

啄木の「底の知れない、一生免れることの出来ないやうな悲しみ」、「頭の中に」ある「大きな問題」とは、啄木の出生の不条理のことであろう。啄木は父・一禎の子としては届けられず、母・カツの私生児として届けられており、そのため小学校二年生になるまで「工藤一（はじめ）」と呼ばれていた。また小学校二年生になった時に一禎の子として入籍されるのであるが公式には一禎は実子として認めた訳ではなく一禎の養子として届けられている。

啄木が自分自身に出生の不条理があることを意識したのは自分の姓が変えられた小学校二年生になった時であろう。早熟な啄木は次第にその意味を理解するようになる。自分は正式に結婚した夫婦から生まれた子供ではない、という事実を啄木がどのように考えていたのか？　そのことについて、啄木は明確に書き遺していない。しかし紹介した二つの歌が啄木の真の思いであろう。

・生れにし日に先づ翼きられたる我は日も夜も青空を恋ふ

生まれた日からの問題、それは出生の不条理と考えることが一番妥当であろう。

・かなしみといはばいふべき
物《もの》の味《あぢ》
我《われ》の嘗《な》めしはあまりに早《はや》かり

生まれた日からという意味では、あまりに早かり、である。

また妹・光子が書きしるした、貧よりも、病よりも、死よりも辛かった、という意味も出生の不条理と考えれば妥当であろう。このことを知るのは光子以外に一人だけいる、とは誰のことであろうか？　光子がこの文章を著書で公表したのは昭和三十九年（一九六四年）の『兄啄木の思い出』であるが、初出は昭和十二年四月十二日熊本放送となっている。この時点で光子以外に啄木の出生の不条理を知っている人物は啄木の次姉・トラしかいない。その他の啄木関係者はトラと光子を除いて皆亡くなっているが、トラは昭和二十年（一九四五年）没であるから、昭和十二年時点ではトラと光子だけしか生存していない。

光子が述べている、啄木が、貧よりも病よりも死よりも辛かった内容は、啄木の出生の不条理と考えればわかりやすく無理な論考を必要としない。

啄木の最大の悲しみの根源であり最大の問題は出生の不条理だとすると、「一生免れることが出来ない」という意味も了解できるし、「頭の中に」ある「大きな問題」ということも了解できよう。

「かういふ気分で予はト翁の論文を写したり独逸語をやったりしてゐる。」とはどういう意味であろうか。ト翁とはロシアの文豪トルストイのことである。啄木は自身の出生の不条理の悲しみや問題をどのように克服していこうかという課題に対して、トルストイの人類愛のような考え方や、進歩的西欧諸国の中でも特にイギリス（日記の他の部分では英語の勉強もかかれている）、ドイツの物の見方考え方、つまり西欧文化によって克服しようとした、と考えればわかりやすい。

「出生の不条理」という事実を変えることはできないが、その事態をどのように考えるかという、考え方や見方を変えることによって克服しようとしたと思われる。

啄木はその後の日記（同年十月三十日）で「大掃除！　大掃除！——こんなことを思った、

わたしもわたし自身の大掃除をやらなければならないのだが……」と書いている。啄木は心の中に塵として溜っていたこの出生の不条理の問題を早く大掃除をして克服したかったことがうかがい知れる。大掃除をして綺麗になった自分を見出したかったのであろう。それには自分の物の見方考え方を変えて行かねばならない。言わば自身の哲学、生き方、の問題である。啄木はトルストイの論文やイギリスやドイツなど西欧文化の新しい考え方にその回答を見出そうとしたのであろう。

四　啄木の個性

啄木がこの日記を書いた時に、節子と郁雨の不倫を疑っていた、とすれば実際と合わない奇妙な現象が生じてくる。このような非常識な解釈には到底賛成することができない。

まず第一に、妻と親友の関係が不倫の関係であると疑ったならば、悲しいことではあるがそれよりも怒りの感情が発生して来るのが常識であろう。ところが日記には「しみじみ」とか「なつかしく」などの言葉がでてくるが、怒りの感情を思わせる言葉はまったく書かれていない。啄木は妻と親友が不倫の関係ではないか、と疑いながら、疑いだからまだ怒りの感情までは起こってこなかったというのだろうか？　しかし悲しみの感情は起こっていながら怒りの感情は起こってこない、ということも妥当には思えない。つまり啄木がこの時の日記に書いた「悲しみ」とは節子や郁雨とはまったく関係のない悲しみとしか考えられない。

四者の解釈をまともと考えれば、啄木は悲しみは日記に書いても、怒りは発生しなかったか、発生したとしても日記に書くほどでなかった、ということになる。あるいは怒りの感情は発生したのだが、心の奥深く沈めてしまい表面化することをしなかった、という無理な解釈をしなければならない。このような論考は啄木の個性を考えた時、まったく相容れない。啄木は心に浮かんだことは素早く鋭敏に文章化することで如何にも啄木らしい。心に深く沈めてしまっては啄木ではなくなってしまう。いくらかでも啄木について研究した人ならばそのことは常識であろう。

第二に、この日記を書いてから後に啄木は郁雨宛に三通の手紙を書いているが、その内容は、啄木が妻と郁雨の関係を疑っているとはとても思えない。

明治四十四年八月八日付郁雨宛手紙抜粋

さて妻の病気だが、その後どうも心配なので、更に青山内科で呼吸器専門に研究してゐる知合の学士に頼んで診察して貰つたところが、病名は肺尖加答児の初期といふことであつた。そしてその学士の指図で、今後同内科古参の山川といふ学士から一週二度宛の診察投薬を受けることになつた。「山川君が可いといふ迄通へばもう大丈夫です」と知合の医者は言つたさうである。それでその方の薬を飲み出してから顔色も少しよくなり、寝てゐる程のことはなくなつた。流石は大学の医者だと思ふ、咳も朝に少し出るきり、食慾も普通のやうである。

明治四十四年八月二十六日付郁雨宛手紙抜粋

　妻の方は気分の悪い日は寝、好い日は殆んど平生と変りない顔附をして起きてゐるが、咳はずつと少なくなつた。いくらかづゝよくなりつゝある事は事実であるらしい。

明治四十四年八月三十一日付郁雨宛手紙抜粋

　この手紙をかいてしまつたところが《ママ》妻がかへつて来た。今迄左方の肺尖加答児だつたのが、左はよほどよくなつてゐるが新たに右の方が悪くなつたさうだ。それで今日は注射をしたさうである。二三ケ月通へ、さうすれば直ると医者が言つたさうだ。

　自分の妻と親友の仲を不倫と疑い、嫉妬を覚えながら、妻の状態をその親友にこのように知らせるものであろうか？　常識ではとても考えられないことである。つまり啄木の精神内界に、妻と親友の間の不倫の疑いとか嫉妬とかはまったく存在しないことはこの手紙でも明らかである。

　啄木から郁雨宛の手紙の別の部分も検討してみる。

明治四十四年八月三十一日付郁雨宛手紙抜粋

自分の小遣までかうして僕のために割いて送つてくれたのかと思ふと、うれしくもあり、悲しくもあり、少し手垢のついた紙幣を前にして思はず涙ぐんだ。それが今日の手紙で、君の俸給だと知つた時に、また同じ思ひを繰返した。

同じ年の四月二十六日の日記で郁雨を妻の不倫相手として疑いながら、八月三十一日の手紙でこのような感謝の念を表すような手紙を書けるとはあまりにも不自然である。つまり日記では、郁雨と妻の不倫を疑っている、との解釈が間違っていることは明らかである。疑ってなかったからこそ書ける内容であろう。

なお、この手紙は啄木没後に発行された『悲しき玩具』に掲載されている次の短歌の情景を思わせるものである。

・買《か》ひおきし
薬《くすり》つきたる朝《あさ》に来《き》し
友《とも》のなさけの為替《かはせ》のかなしさ。（『悲しき玩具』187）

啄木は死の直前、この短歌を歌集の原稿ノートに納めて土岐哀果に出版を依頼する。啄木と郁雨の義絶は啄木から郁雨宛の最後の手紙の直後であるが、啄木の没後、郁雨は『悲しき玩具』のこの歌を啄木から郁雨に対する和睦のサインと受け止めて、以後啄木の親友として、啄木の遺族の世話や啄木文学の普及に打ち込むこととなる。

もしもこの日記で啄木が郁雨を疑っていながら、郁雨からの経済的支援を受けていたとすればどういうことになるのであろうか。啄木はそれと知りながら妻を親友に金で売ったことになる。啄木はこれほどに陰険、邪悪、狡猾な性格であろうか。これほど酷い啄木に対する冒涜はあるまい。このことはまったく事実に反するであろう。つまり日記で啄木は郁雨を疑っていた、ということがまったくの見当違いであることは明らかなのである。

日記の時点では郁雨節子の不倫問題については、あったのだが啄木が気づかなかっただけ。本当は不倫問題があったのだ、と言う論考もあり得る。そうなると啄木は郁雨から節子宛の手紙がくるまではまったく何も気づくことがなかったことになる。これでは啄木はあまりにも鈍感な男になってしまう。啄木の性格の特徴としては鈍感ではなくて鋭敏であろう。郁雨・節子不倫論者はそもそもの前提が間違っているために、他のどのような論考を試みても矛盾に突き当たってしまうのである。

五　まとめ

ものごとの考え方、研究方法論として、事実の積み重ねから真実や結論を導き出すことは論考する場合の基本中の基本であろう。

つまり、はじめに結論ありき、で論考するからおかしいことになってくる。

四者の論考は、「はじめに郁雨と節子の不倫ありき」の結論から始まっている。そのために無理やり藤村の小説と啄木の日記をそれに関連させようとしているのだから不自然なことが幾つも生じてしまう。

最近になって足利事件や布川事件が冤罪であることが判明しているし、最も間近では袴田事件も冤罪が明らかになった。事実の積み重ねよりも、「はじめに有罪ありき」で捜査や裁判が進められたから冤罪が生まれるのであろう。

四者は、理由はともかく郁雨と節子の不倫の関係を証明したくてしたくてしょうがない。しかしそれを証明することができない。そのために少しでも役立ちそうな藤村の小説と啄木の日記に飛びついたものであろうが、実際はそれも何の役にも立っていない。間違った結論に対しては、どんな事実も役には立たないものである。

啄木と郁雨の義絶の真相は、啄木は節子を節子の実家に行かせたくなかったのに、郁雨が手紙で、節子の病気が悪いのならば実家に行って静養することを唆したからである。ただそれだけのことであるが、啄木夫婦と節子の実家の関係における啄木の自己存在にとっては、それはあまりにも大きい内容の問題であり、啄木は郁雨と義絶せざるを得なかった。しかし啄木も直ぐに反省するのだが、それを郁雨に伝える前に亡くなってしまった。かすかに『悲しき玩具』

の原稿ノートに和睦のサインとなる歌を遺して。

このように論考した場合、無理なこじつけは必要がないし、事態の流れが自然であるように思われる。

補遺　長浜功氏の論考について

筆者（西脇巽）は二〇〇五年三月に『啄木と郁雨　友情は不滅』（青森文学会）を上梓し、三者の座談会について本書で抜粋した以外にも取り上げて全面的に徹底的に批判を展開している。

その座談会における井上ひさし氏の発言「〝座頭市でもいいたら、郁雨は切られている。〟（笑い）」に対する筆者のまとめは次のようなものである。


もし座頭市が正義の味方であるならば真っ先に切られるのは、ありもしない郁雨節子不倫論を言いだした光子であろう。次に切られるのは光子の代弁者・石井勉次郎とそれに追随する彼等三人であろう。

三人の座談会に対する私の見解はこれで終了するが、全体としてこの問題に対する三人の姿勢は時々薄汚い（笑い）が挟まれ、郁雨を聖人から引きずり下したくて仕方が無い、という人間としての品のない厭らしい側面が見え見えで不愉快なこと此の上ない内容である。

またこのようなことがあった方が面白かろうというスキャンダラスな興味に追随迎合した、文化人としては風上に置けない、品性としては最も下劣な層に属するものとしか考えられないのは私だけであろうか。

残念ながら私の論考に対して何のコメントも出さぬまま井上ひさし氏はあの世に行ってしまっている。近藤典彦氏はコメントを出さないまま、未だにアチコチの講演で「節子と郁雨は肉体関係があった」などと喋りまくっており、心ある啄木愛好者を嘆かせ惑わせ続けている。二〇一三年十月に発行された「『啄木日記』公刊過程の真相」（長浜功　社会評論社）で長浜功氏は次のように書いている。

・・・・

所謂節子夫人の不倫説については西脇巽が否定論の先頭にたって奮闘する図になっている。委細は『啄木と郁雨　友情は不滅』（青森文学会　二〇〇五年）に譲るが、最近見過ごせない記事を目にした。

それは「啄木の魅力」とする座談会である。（『国文学　解釈と鑑賞』二〇〇四年二月号）近藤典彦（司会・群馬大学教授）井上ひさし（作家）平岡敏夫（筑波大学名誉教授）による鼎談だ。井上には『なき虫なまいき石川啄木』という戯曲があり多数の舞台で啄木を面白おかしく描写している。なかでも節子が不倫を働いたと決めつけた演出をし、得意げだ。

この脚本は文庫化されて広く流布され、不倫説に拍車をかけている。また近藤にしても平岡にしても啄木研究家として一応一家言ある人間たちだ。この三人が次のような会話を交わしているのだ。

井上　宮崎郁雨が時には節子さんと姦通したいという気も持ったでしょうし、いやいや、（節子は）自分の妻の姉ですから、そんなことをしたらたいへんな騒ぎになるしと、いつも揺れているひとですね。そしてついに、自分のサイン入りの写真を節子に送ってきた……。

平岡　例の「美瑛の野より」というラブレターですね。明治四十四年九月の。

井上　そうですね。それで節子さんは髪を切ったりしていますから、実際肉体交渉は無かったにしろ、意識としては姦通……。

近藤　夏目漱石「それから」の代助・三千代の関係みたいなものですか。

井上　そうですね。宮崎郁雨は天才のそばにいる平凡人ですから、つらいところもあったでしょうが、つい天才に引っ張られてしまう……。

平岡　郁雨にとっては、やはり「初めに節子ありき」で、節子さんがだめだからというので、啄木の妹の光子さんをまず最初、代替の女性と考え、その光子さんがダメなので、今度は節子さんの妹さん、ふき子さんでとうとう手を打った。「手を打った」というのはおかしいけれど（笑い）。しかしそのふき子さんは、あの人もいろんなことを黙って、あの店屋さんを郁雨に寄り添って頑張ってしまった。つまり、郁雨は節子さんが実は好きで、多分それは啄木の関係でそうなったかもしれないが、啄木の妻というのがかなり大きい存在としてあって、その代替物にされた人こそ大迷惑なんだけれども、それにじっと耐えて添い遂げてふき子さんが頑張ったということがありますね。

近藤　岩城先生のお話ですが、郁雨とふき夫人が岩城宅に見えたとき、ふきさんは話題が啄木のことになるとソッポを向いて一切会話に加わろうとしなかったそうです。

平岡　私のほうからちょっと伺いたいんですが、近藤さんは大学で、学生と一緒にずっと『啄木演習』などをされてますが、「砂山」ですね。函館の砂山が巨大な砂山だったというようなことを、実証なさいましたが、あの「砂山」と、郁雨、節子さんの不倫問題なんかが、何かチラチラしてくるような、ある印象が残っているんですが、どうなんですか。（笑い）……（中略）……

近藤　吉野白村の奥さんが「節子さんがある時、夜遅くなっても帰って来ないので大騒ぎしていたら、髪を降り乱して、ずいぶん遅くなってから帰って来た」ということを書いています。実際、私はあのあたりの砂浜を探偵よろしく歩いてみたことがあります。あの砂浜は、今とちがって、もっともっと大きかったし、人気もなかった。しかも二人の家の裏にあるわけですから、その辺まで考えると、五分五分ではなくて、（笑い）もう少しあったのではないかというほうに近いです。

最初は、この座談会の出席者の名前と職業を出さずに一回読んでもらって、改めて氏名を紹介することにしようかと考えたものである。これらの人々の品位ときたら呆れてものが言えない。卑しい笑い、小賢しい憶測と鼻持ちならない傲慢な姿勢、彼らに文芸を語る資格はない。

この中に郁雨夫人が岩城の家に行った時、啄木の話になるとソッポを向いたという話を不倫問題にむすびつけようとしているが、吉田孤羊が函館の郁雨の家を訪れた際にふき子夫人が一言も口を利かないので不審に思っていると、郁雨が「この人はこういう性質の人ですから、吉田君悪くとらないで下さい。この人はこんな風に言葉がすくないから、一面僕が救われているのです。」(「啄木の面影を求めて」吉田孤羊『啄木発見』洋洋社　一九六六年)と語ったとされる。ふき子夫人が岩城宅で話さなかったのは意味あってのことではない。もともとが無口、含みのあろうはずがない。それが自然だったからである。近藤のこの言い方からすると岩城ともあろう人間までもがこの三人組と同列に並ぶことになってしまう。

この話はまだ続いているが馬鹿らしいのでこの辺で止めておこう。俗に蟹は己の甲羅に合わせて穴を掘る、というが彼等も蟹とたいして変わらないということと、作家にしても大学教授の品位にしてもこの程度なのか、と嘆息能わざるを得ない。ただ、最近はこのように啄木とその周辺を貶める手合いが発言力を持ち出しているのが気になって、また〝石が浮かんで木の葉が沈む〟の戦前の時代に逆戻りしてしまうのかという不安がよぎって仕方がない。この程度の例証で郁雨や節子の名誉挽回は無理だと思うが敢えて蟷螂の斧を下したゆえんである。

私が最初に三者の座談会を読んだ時は「何だこりゃ！」という驚きの次には堪らない程の怒りが湧いて来た。三人に対する怒りではない。彼らには怒る価値すらない。問題は彼ら三人に対して、あのように言わせておいて何ら反応しないこれまでの啄木愛好者や啄木研究者に対してである。私が啄木研究に取り組んだのは六十歳を過ぎてからであり、この三人の座談会を読んだのは六十二歳前後でまだ初期のころであった。ところが啄木研究者の先輩は何の反応もしないことに怒りと無念の感情が湧いてきたのである。三人の座談会はやはりおかしいし、間違っている、これでは真の啄木像をゆがめている、という確信がむしろ私に更なる啄木研究に駆り立てたと言っても良いであろう。

私は、この三者の座談会を読んだ時の私の感情は、当初は、周りが無反応だっただけに、私だけの特異なものなのかと疑問に思う程であったが、今ごろになって私とほぼ似たような感情を抱いている人物を発見して心強くもあり嬉しい限りである。恐らくは私と似た心情を抱きつつも、それを活字化したりして表面化していない啄木愛好者や啄木研究者が大勢いるに違いないことを確信した次第である。

〈参考資料〉

明治四十四年四月二十六日日記以後の啄木の郁雨宛手紙全文

明治四十四年八月八日付手紙

書かう〳〵と思つた手紙が熱の加減でとう〳〵今日まで遅れました。四十円の電為替はたしかに頂戴しました、さうして兎も角もといふので昨日この家に病床を移してしまひました、何もかもお蔭様です、

変な引越でした、三日許り前にせつ子がぶら〳〵二時間余りも家をさがしに出て、一軒あつたと言つて帰つて来た、其処にしようと直ぐ決定はしたものの僕は寝てゐるからだである、それでもどうかかうか準備が出来た、昨日は朝に朝飯を済ますともう僕の夜具も大きい風呂敷に包まれてしまつた、仕方がないから荷物だけの室の隅ツコに汚い畳の上に寝てゐた。やがて枕にしてゐた小さい風呂敷包も取られてしまつた、十一時頃に京子と二人俥に乗つて此処へ来て、俥から下りるとまた直ぐ畳の上に横になつた、場所は静かだし、あたりに木も沢山ある、昨夜は座敷から正面の立木の上に月が上つた。室は玄関の三畳に八畳六畳の三室、外に台所、水は井戸だから少し不便乍ら小さくしても門がある、家賃九円敷金は二ケ月分、

さて妻の病気だが、その後どうも心配なので、更に青山内科で呼吸器専門に研究してゐる知合の学士に頼んで診察して貰つたところが、病名は肺尖加答児の初期といふことであつた。そしてその学士の指図で、今後同内科古参の山川といふ学士から一週二度宛の診察投薬を受けることになつた。「山川君が可いといふ迄通へばもう大丈夫です」と知合の医者は言つたさうである。それでその方の薬を飲み出してから顔色も少しよくなり、寝てゐる程

のことはなくなつた。流石は大学の医者だと思ふ、咳も朝に少し出るきり、食慾も普通のやうである。医者は養生しろ〳〵といふさうである。然し医者の注意で喫なども注意し、食器も混同しないやうにしてゐる。

僕は日増に少しづゝよいやうである。熱も平均して日毎に少しづゝ下つてゆく。食慾も出て来た。ただ肋膜炎の性質としてまだ出歩いたりしちやいけないと医者はいふ。出歩くどころぢやない、まだ一時間と起きちやゐられないのだ、衰弱のため。君は今日旭川へ行くのだつてね。二百里の余も離れてゐるのだが君が家にゐなくなると聞くと何だか心細くなる。まだ書く事があつたのだが書くのがイヤになつたからアトはこのつぎ、皆様へよろしく。

八月八日　　　　　　　　　　　　　　　　啄木

家中一同よりよろしくと申出候。この家は平家だが庭が少しある

郁雨兄

明治四十四年八月二十六日付手紙

親愛なる少尉宮崎君。

君の軍隊生活の始まつたことは一昨日の午前に知つた。あの絵葉書の演習の光景は、少なからず僕を楽しませた。文句を読んでからひよいと裏をみると、小丘の連瓦した一望の原

野が展けて、砲兵陣地が布いてある。それは恰度僕が中学の二三年頃に盛岡附近で行はれた演習そのまゝの光景であつた。その時僕は、授業のある日にまで何里の路を駆けあるいて見物した。軍人志願だつた僕！　発火演習に小隊長になるのが何よりの楽しみだつた僕！　絵葉書を見てゐると、その当時の僕がさながら自分の弟か何ぞのやうになつかしく僕の眼に浮んだ。少くともその日一日は、しつくりと身に合つた軍服を着て佩剣を心地よく鳴らして歩く君を平和論者たる僕が心の底で羨んでゐた。

此処まで書いて来たところが、もう何も書くことがないやうな気がする。イヤ、どの問題もどの問題も底の知れないやうな問題で、それを今書くのが非常に億劫なやうな気がする。――この頃少しまた神経衰弱の気味で、夜も葡萄酒一盞の力を借りなければ眠れない状態にあるものだから心《シン》が疲れてゐるらしい。

君の入隊は、その日夕の勤務が君に興味を有《モ》たせるかどうかは知らないが、平生と全く調子の違つてゐるといふだけでも君の心身に何等かの効があるだらう。僕に至つては毎日々々つまらない単調な日を送つてゐるに過ぎない。毎日々々日が長い。毎日々々健康が欲しい。この頃は、友人が大抵東京にゐないのと、ゐても日中は暑く夜はまたこの家が大分ヘンピな処にあるのとで、客が少ない。毎日決まつて僕の目に入る顔は、父の顔、母の顔、妻の顔、妹の顔、子の顔――この五つの顔の外にはない。髪を五分刈にして以来、鏡に映る自分の顔を見ることさへ滅多にない。毎日耳に入る声も、これら家族の声と近所の子供らの騒ぐ声、それから自分の小言を言ったり子供を叱つたりする声位なもの。単調と、その単調の間に伏在する家族のいきさつとが殆ど僕を殺さんとする。僕は変化が欲しい。何でも可いから変化が欲しい。

目ぼしい本は皆質屋に秋の袷と一しよに入つてゐるし、質屋にもやれない、擦りきれた社会主義の禁売本は、引越の時以来支那鞄の底にそのまゝしまつてあるし、僕は殆んど全く読書することとすらない。転居以来読んだのが芭蕉、蕪村の句集と古詩韻範といふ漢詩の本だけだと聞いたら、君も多少の哀れを催してくれるだらう。芭蕉は時々感覚を心地よく働かした句はあるけれども、概してイヤに風流人がつた月並のひねくれが並べてあるので好かないし、蕪村は好きには好きだけれど、二度読み三度読めば、矢張常套の配合法が目について興味索然とする。古詩では李白や杜甫の自在な手法も面白いが、僕は寧ろそれ以前の簡古素朴な作用を愛する――現在の僕の生活とかけ離れてゐることの甚だしいだけそれだけ愛する。

朝に四種、夕方に郵便で来る三種の新聞だけは真面目に読んでゐる。毎日々々同じやうで変つた記事や論説の間から、時々時代進転の隠微なる消息が針のやうに頭を刺す。それが僕には、時として楽しみであり、時として苦痛である。昨日は予告された桂内閣総辞職の日であつた。僕は寝てゐて団扇をつかひ乍ら、もう今頃は閣議が終つて首相の参内した頃だらうと思つてゐた。子供が隣りの家へ遊びに行つてゐて大声に泣いてゐた。午後になると果して総辞職の号外が出た。――それらの事が自分に何の関係もなしに行はれてゐるといふことが、外の人には寂しい事でないだらうか。

僕の現在の生活は全く無方針である。少くとも健康の恢復しない間は、方針の立てやうがない。神経衰弱の気味になつてから食慾が少し減じたが、肋膜の方は順当な経過をとつてゐる。もう引続き三十七度五分以上の熱は出ない。たゞこの七度五分までの熱がいつまで続くやら、それが解らない、以前にも三月の末から先月の大発熱までは矢張毎日々々これだけの熱がつゞいてゐたのだから。妻の方は気分の悪い日は寝、好い日は殆んど平生と変りない顔附をして起きてゐるが、咳はずつと少くなつた。いくらかづゝ良くなりつゝある事は事実であるらしい。僕は今では日中の半分は起きてゐられるやうになつた。

ところが此処にまた一人僕の家に病人がふえた。一週間許りの間何となく元気がなく、少し下痢するといつてゐた母が、一昨日の夕方にはひどくやつれた顔をしてとう〳〵食卓に就かなかつた。あとで額に手をあてゝみると、驚いた、まるで火のやうに熱い。早速検温器で計ると三十九度一分あつた。妻は近所の医者へ、妹は冷し氷を買ひに行つた。やがて医者が来た。腸加答児で、熱もそのためだといふ診察であつた。それから心臓が大分前から悪いと見えてひらいてゐるから、熱のために脈搏が烈しくなるやうなことがあれば心臓部を冷やさなくてはいけないと言つた。僕はヒヤリとした――心臓の悪くて時々動悸のすることは僕も前から知つてゐた。知つてゐながら、この二年半の間三分の二は一家の炊事を殆んど母一人にして貰はねばならぬ事情の下にあつた。床屋の二階にゐる頃、母が梯子の中途で、動悸がすると言つて、鍋などを持つたまま暫らく休んでゐる事が何度もあつた——

母はそれ以来寝てゐる人になつた。おも湯と玉子の外は何も食はしてはいけないさうである。一日二日のうちに、便所へ行くさへ大儀なくらゐやつれて衰へた。医者は毎日来る。昨夜も十時頃になつてから三十九度の熱が出て来たため、僕がフラ〳〵するからだで氷を買ひに行つた。熱の下り始めぬうちは誰か起きてゐねばならぬと思つてゐると、やがて下つて来たのでほつと安心した。その晩は妻は夕方から気分が悪いと言つて寝てゐるし、妹も昼のつかれでグッスリ仮寝をしてゐた。やるせない気持で母に氷嚢を取かへてやつたり熱をはかつてやつたりした。

この頃は、やかましかつた昼の蝉が少し少なくなつて、夜は虫が鳴く。昼は流石に九十度近い暑さで苦しいが、夕方からはもう空気に秋が交つてゐる。

早く丸谷君が帰つてくれれば可いと思つてゐる。並木君は家族全部上京して巣鴨に家を構へた。こなひだ来た時は大分新生活に興味をもつてゐるやうな話だつた。土岐君は九月の末あたりに歌集を出すといふので大分気乗りがしてゐるらしい。読売の「戸外と室内」には近頃投書がなくて困るさうだ。オヂヤンになつた雑誌へ来た投書を廻してやらうと思つてゐる。富田砕花といふ男がこの春頃からだん〳〵所謂「危険思想」を抱くやうになつて、この夏は名古屋から越前越後佐渡の方へ詞友をたよりに旅行に行き、方々からその土地の歌人四五名宛連署の絵葉書を寄越す。絵葉書にまで時々不穏な文句があるので少々弱ることがある。

八月二十六日　　　　　　　　　　　　　　啄木

宮崎兄　侍史

こなひだ滑稽なことがあつた。鹿角にゐる親戚から父宛の書留が来た。何の用かと思ふと、「釜石の親戚よりの通知によれば御令息一様御病死の由」云々と書いて、御香奠の為替を封入し、「何卒お花の一本も仏前におそなへ下され度候」とあつた。釜石にゐる従兄弟の医者が非常に読みにくい手紙を書く男だから、多分その手紙を読みちがへたものだらう。お蔭で僕も生きながら仏様になつた訳だ。翌日はその仏様がお香奠の礼状をかいた。

明治四十四年八月三十一日付手紙

今日は嬉しい日だ。君の手紙と丸谷君の青森ステエシヨンで書いた葉書とが一しよに着いた。

為替は昨日の朝食事をしてゐた時に着いた。配達夫がその場で金を払つて行つてくれた。何しろ思ひがけなかつたのと、スタンプに「近文二線」とあつてそれが何と読むか解らなかつたので、君の外にはないと思ひ乍らも首を捻つた。配達は差出人も何も聞かなかつたので何の事もなかつたが、アトで旭川通の妹の説明で愈々君からだと納得した。自分の小遣までかうして僕のために割いて送つてくれたのかと思ふと、うれしくもあり、悲しくもあり、少し手垢のついた紙幣を前にして思はず涙ぐんだ。それが今日の手紙で、君の俸給だと知つた時に、また同じ思ひを繰返した。君、くだ〳〵しいお礼の言葉は言はないよ。お蔭でこの月末も助かつた。今月は引越に附帯した種々の費用やら新病人の発生やらで予想外に出費が嵩み、明日の社からの前借だけでは払ひにも足らない位で弱つてゐたところだつた。この頃は早く米が安くなつてくれゝば可いと思つて、毎日新聞の米価を見るが、仲々安くなりさうにない。

君の今日の手紙は僕に不思議に強い印象を与へた。言はゞ君自身が手紙の上に躍動してるやうに思はれた。同僚が夜になると皆「女」に走る時に君は一人居残つてゐるといふ所をよんだ時は、（失敬な事をいふやうだが）恰度ツルゲエネフの小説をよんで性格描写の妙処に読み至つた時のやうな感じであつた。何といふこともなくたゞさう感じたからその儘書く。

丸谷君は一の関に寄つて三日か四日に着京するさうだ。丸谷は今一生で一番楽しい時代にあるのぢやないかしら。

一の関は一晩位にして早く来てくれゝば可い。

内閣が愈々変つた。昨日は寝てゐて号外を見て多少の感があつたよ。丸谷君が来たら一つ大いに政治論をしようと思つてゐる。

君、来年の総選挙には、君等の同志会から誰か一人中立の人物を立てゝ運動してみてはどうだね。選挙といふ事には慣れておく必要があると思ふ。今は大抵の人間がもう小橋みたいな政治屋はいけない事を知つてゐるから案外成功するかもしれない。

此間手紙をかいたばかりだから何も別に珍らしいこともない。妻は今日は病院通ひの日で出て行つてまだ帰らない。母はスツカリ弱つてしまつたが、それでも医者はだん〳〵よいと言つて、昨日からおも湯が粥に変つた。妹が来てゐるので助かるよ。京子は毎日隣近所へ遊びに行つては喧嘩をして困る。一町四方へ聞えるやうな声をして泣くのが手にとるやうに聞える。それでも帰つて来た時「今日も泣いたナ」といへば、泣かないと強情をはつてゐる。

八月三十一日　　啄木

宮崎兄

この手紙をかいてしまつたところが妻がかへつて来た。今迄左方の肺尖加答児《カタル》だつたのが、左はよほどよくなつてゐるが新たに右の方が悪くなつたさうだ。それで今日は注射をしたさうである。二三ケ月通へ、さうすれば直ると医者が言つたそうだ。

第三章　小姑と嫁　光子と節子の場合
――友好から怨恨への転変

一　予備知識

㈠　ある躁鬱病患者の発生要因（西脇巽『心をひらく愛の治療』あゆみ出版より）

①　○長女　しっかり者となる

②　○次女　躁うつ病となりやすい

③　□長男　依存性格となる

普通一般的な親は、最初の子供は男の子でも女の子でも、初めての我が子として大事に養育する。そのため第一子は精神的に安定した子供として育っていくことが多い。そして下に弟や妹ができた時は、長子として下の弟や妹の面倒を見ることを親や社会から無意識的に期待され、それに応えようとする。その結果しっかり者となって行く。

しかし、第一子が女の子の場合、親は第二子は男の子を強く望むこととなる。この場合生まれた女の子は運命的に親の期待に反した子となってしまう。

そして女の子が二人続くと、親は三番目には今度こそは是非とも、と更に強く男の子を望むこととなる。そして三番目に待望久しかった男の子が生まれた時にどうなって行くのであろうか？

次女は姉と弟との狭間となり、どうしても存在感が希薄とならざるを得ない。そのために次女は自己存在を自力で誇示しなければならない。存在を無視されないように、目立ちたがりやで自己主張の強い、頑張り屋の性格となって行く。経済的な意味でのハングリー精神ではなくて、精神的な意味でのハングリー精神が旺盛となるのである。

しかしこの頑張りには到達点が明確ではない。いくら頑張っても自己存在に安定感を獲得できなければ、無限に頑張らねばならない。この状況は「躁病」へと向かう。

そして能力を超えた頑張りのために疲労困憊状態となり、それでも安定感を確保できない時は、もう何もできない、もう駄目だ、という諦めから「うつ病」へと転じて行く。

つまりこの場合の次女は「躁うつ病」に罹患しやすくなるのである。

親からの待望久しかった三番目の長男はどうなるか？　親からの愛情に加えて姉二人からの愛情にも恵まれて、この上ない幸せな状況である。また下の弟や妹の面倒を見る必要もない。しかしながらどうしても過保護になりやすく、愛されることは知っても、愛することが充分身につかない、依存性の強い、自立心に欠ける、芯のない人間になってしまう。

このような性格のままで切磋琢磨しないで成人となると、アルコール依存症やギャンブル嗜癖、あるいはサラ金地獄に陥るような人間になりやすくなる。

㈡　啄木の場合

① ○サダ　明治　九年生まれ
② ○トラ　明治十一年生まれ
③ □一（はじめ　啄木）明治十九年生まれ
④ ○光子　明治二十一年生まれ

啄木の同胞は、長女サダ（明治九年生まれ）、次女トラ（明治十一年生まれ）、長男一（はじめ　後の啄木　明治一九年生まれ）、三女ミツ（光子　明治二十一年生まれ）となっている。前述のケースを参考にすれば、トラは躁うつ病になりやすい資質を備えることとなる。しかしトラと啄木との間には八年間の空白期間があり、トラの人格の基礎が形成される時には啄木はまだ生まれていなかった。それでも母・カツのあまりの啄木一辺倒の可愛がりように対しては不満があったようである。

啄木は待望久しかった長男である。特に母・カツにとってはかけがえのない息子であった。実はカツは一禎の正式な妻とは認められず、啄木が尋常小学校の二年生になるまでは入籍されていない。そのため啄木は戸籍上ではカツの私生児として産んだことになっている。そのためカツは身分が不安定であり、啄木こそが自分の将来の安定を確立してくれる唯一の存在であった。

啄木は母・カツからの異常な程の過保護のもとで養育されることとなり、そのため自己を抑制できない、自己中心的、自由気儘な性格となって行く。

・父母のあまり過ぎたる愛育にかく風狂の児となりしかな（歌稿ノート「暇ナ時」）

・ただ一人《ひとり》の
をとこの子《こ》なる我《われ》はかく育《そだ》てり。
父母《ふぼ》もかなしかるらむ。（『悲しき玩具』183）

カツの啄木への思いは啄木成人後もまったく変わらない。

・あたたかき飯を子に盛り古飯に湯をかけ給ふ母の白髪（歌稿ノート「暇ナ時」）

・今日は汝が生れし日ぞとわが膳の上に載せたる一合の酒（歌稿ノート「暇ナ時」）

また啄木もそんな母に思いを寄せている。

・母君の泣くを見ぬ日は我ひとりひそかに泣きしふるさとの夏（歌稿ノート「暇ナ時」）

・たはむれに母《はは》を背負《せお》ひて
そのあまり軽《かろ》きに泣《な》きて
三歩《さんぽ》あゆまず（「我を愛する歌」『一握の砂』14）

・……母を思へば今でも泣きたくなるが。……（小説「漂泊」）

啄木の同胞の中で一番割を食ったのは妹。ミツ（光子）である。啄木一家では何事も啄木中心であり光子の存在は希薄である。

・母われをうたず罪なき妹をうちて懲らせし日もありしかな（歌稿ノート「暇ナ時」）

本当は啄木が体罰として打たれるところを身代わりに光子が打たれるのだからあまりと言えばあまりである。

・わかれをれば妹いとしも赤き緒の下駄などほしとわめく子なりし（歌ノート「暇な時」）

光子は、おとなしくしていれば、啄木の影に隠れてドンドン自己存在が希薄となって行く。予備知識の冒頭で述べた次女のケースと似た状況となる。それを克服するためには負けん気の強い、執着心の強い性格にならざるを得ない。なりふりかまわずわめくようにしてでも自己主張をしなければ自己存在は無視されてしまうのである。

㈢　節子の場合

①　○節子　明治　十九年生
②　○フキ　明治二十一年生
③　○タカ　明治二十四年生
④　○イク　明治二十七年生
⑤　□赳夫　明治二十八年生
⑥　○チヨ　明治三十一年生
⑦　□了輔　明治三十四年生
⑧　○ロク　明治三十八年生
⑨　□克己　明治四十一年生

節子は九人同胞の長子である。下に妹や弟が八人もいれば母を助ける超のつくしっかり者の姉さんにならざるを得ない。

長男の赳夫は、五番目にしてやっと生まれてきた待望の長男である。しかしながら赳夫にはひ弱い人格を造る過剰な愛情に恵まれる反面、同時に堀合家の後継者としての大きな期待の圧力がかかってくることになる。このことを克服しないと問題が発生してくることになる。実際にも赳夫は、家の金を持ち逃げして家出をして、忠操から啄木に保護の依頼の手紙を書かれたりしている。

㈣　郁雨の場合

①　○よえ
②　○よし
③　○すえ
④　□郁雨
⑤　□省三
⑥　□顧平

前述のケースを参考にすれば、郁雨は依存性の強い性格となる可能性が高い。しかし郁雨が誕生したころの郁雨の生家の状態は、祖父・八朗右衛門の代から家運が傾き始め、祖父の死後は莫大な借金のために家屋敷田畑は一切債権者の手に渡り、貧窮を極めている。郁雨は宮崎家の待望久しかった長男ではあるがとても甘やかせる状況ではなかった。郁雨の幼少時には母の実家に預けられていたような状況である。

また、弟が二人生まれており、郁雨は兄としての役割を期待され、さらには長男として運命的に宮崎家の後継者としての重責を担わねばならない状況であった。

そのため郁雨は軽佻浮薄とはまったく逆の思慮深く慎重な性格となって行く。その反面では自分とまったく反対の性格の啄木の自由奔放さに心惹かれることとなる。

二　組み合わせの妙

(一)　夫婦・啄木と節子の場合

啄木は幼少時より受け身的に愛される性質が強い。甘えん坊であり、女性に対しては母性愛を引き出すことに長けている。愛されないと不安に陥る。実際に啄木が節子に家出された時の反応は、まさに支えをなくして不安パニックとなった状態である。

節子は啄木とは逆で能動的に愛する性質が強い。もしも節子が啄木と同じく受け身的に愛される性質が強いと、啄木節子共に、相手に対して自分を愛してくれない、という不満を抱くことになる。

啄木が節子のように能動的な性質であると、互いに相手に甘えることをしない。愛情を求めているようには見えない。別の言い方をすれば「可愛げがない」。そのため放っておいていいや、ということになる。

因みに、しっかり者はしばしば放って置かれる。節子はしっかり者のために啄木は安心して節子を残して、函館、札幌、小樽、釧路、東京へと単身で行くことができた。節子は健気に啄木が呼んでくれるのを待つのである。

他方、節子はせっかく家出したのに、一人になった啄木があまりにヘナヘナになってしまっているのを見ていることができずに、妹と郁雨の婚礼が済むと直ぐに舞い戻って啄木の世話をしているのである。

実際の啄木と節子のカップルは互いに相手を求め合うのであるが、性格の符合という意味では絶妙のカップルということができる。

(二) 小姑と嫁・光子と節子の場合

普通一般的には、小姑は嫁に兄からの愛情を奪われる、ということから険悪な感情が発生する。姑は嫁に息子からの愛情を奪われる、ということから険悪な感情が発生したとしても、いずれは姑は嫁の世話にならねばならない、という運命が待っているが、小姑と嫁の場合はそういうものでもない。そのため小姑と嫁の関係は、姑と嫁の関係よりも、険悪の克服がより難しいものとなりやすい。

そのため一般論としては光子と節子の場合も険悪な関係が生じたとしても不思議ではない。光子が節子の没後に節子に不貞があったと非難することになるのも一般論としての小姑と嫁の関係が根底にあったためと考えられないこともない。しかしながら光子と節子の場合は意外なことに最初のころはむしろ良好な関係が発生したと考えられる。なお節子は光子の節子に対する険悪な感情をまったく知らずに、良好な関係を信じたまま没している。

光子と節子の関係が、いわゆる小姑と嫁という立場の難問題を克服して良好な関係が生じた原因としては次の二つの要素が考えられる。

第一に、光子と節子の関係を良好なものにしたのは啄木の母・カツの対応である。カツは何事によらず啄木がまず第一である。光子は啄木の添え物、影のような存在である。節子もカツにとっては光子と同様である。そういう意味で光子と節子は対カツという点では利害が合致する同じ立場であり、協力的友好的な関係にある。

第二に、光子はしっかり者で優しい姉を欲していた立場にある。実際の姉サダやトラは光子と年の差が離れ過ぎており、姉を慕うという感情が希薄でしかない。そんなところへ超しっかり者の姉さん肌の節子が来たのだから光子と節子は丁度ウマが合う。

これら二つの要因から光子と節子の小姑と嫁の関係はうまく行っていた。しかしながら、光子と節子の人間関係は当初は円滑であったものの、特に光子のほうに微妙にひっかかることがなかった訳でもない。

節子は義理の妹として光子を可愛がれば良い。節子には多くの同胞の長子として妹弟たちの面倒を見てきた生活体験があるのでそのことはさして困難な問題とはならない。

光子の書『兄啄木の思い出』（理論社　一九六四年）に次ぎのような文章がある。

「節子の言動に対して「多少わがままになり、ある面で女王のように振舞わしたのではあるまいかと、……」

節子は数多い同胞（九人、啄木と結婚当初は八人）の長子としての役割を期待され、下の同胞を従わせていた振る舞いが身についていたであろう。光子は末っ子でしかも啄木の影のような存在、啄木の引き立て役、懲罰の身代わりに打たれる役であり、女王のように振る舞うことなどとてもできない。女王は家来を従わせるが、光子は家来の中でも最も末席の奴隷に近い存在である。そのため光子の心情としては節子に対して羨望のような内容のものが生じたことであろうと考えられる。

しかし、光子に節子への怨恨の感情が発生してきた要因はまったく別にある。

三　郁雨の結婚

光子の節子への怨恨は郁雨の恋と結婚が大きく絡んでいる。

郁雨は節子の妹・フキと結婚する前に幾人かの女性に思いを寄せるも誰とも結ばれることはなかった。父が薦める縁談も断って、啄木の妹・光子と結婚することを考える。光子への求婚は光子本人へ直接的に伝えるのではなく、啄木へ「妹の光子さんを嫁にくれないか」と頼むことで伝えている。郁雨は、啄木の妹ならば啄木に似て情熱的な結婚ができるのでは……と青年らしく光子への憧れの感情を抱いたのであろう。

また、郁雨は結婚前に啄木からの手紙で「君は単に僕の友人ではない様な気がする。君は京ちゃんのおぢさんである。京ちゃんのおぢさんなら軈て僕とは兄弟だらう」「君願くは長しなへに京ちゃんのおぢさんであつてくれ玉へ」（明治四十年九月二十三日付札幌より郁雨宛）ということを書かれたりしているが、光子と結婚すれば啄木に言われたように京子の叔父になれるのである。郁雨は啄木から暗に「光子を嫁にもらってくれないか」と言われたと解釈したであろう。ところが郁雨にとって意外なことに、啄木は光子を郁雨の嫁にはやらない、と拒否し代わりに妻・節子の妹のフキを推薦する。当然のことながら節子とも相談し、節子の同意を得た上でのことであろう。

妹・光子の性格を熟知している啄木は、光子では大家族の長としての悩みの多い郁雨の嫁はとても務まらないが、フキなら務まるであろう、との判断である。

なお、フキと結婚しても郁雨は京子の叔父さんになれるのである。啄木は郁雨に「京子のおぢさん……」と手紙に書いた時からフキのことが念頭にあったことが推察される。

郁雨は独身時代から恋に悩んでいた。啄木が詠んだ次の歌がある。

・大川《おほかは》の水《みづ》の面《おもて》を見《み》るごとに
　郁雨《いくう》よ
　君《きみ》のなやみを思《おも》ふ　（「忘れがたき人人　一」『一握の砂』327）

啄木は郁雨から深い悩みを聞かされていたのであろう。

郁雨の悩みとは、まず郁雨の複雑な家庭背景、両親特に父親の竹四郎の思惑とのギャップがある。郁雨の家庭背景には大家族と封建主義の名残が色濃く残っている。個人主義的に自由恋愛で結婚相手を選ぶことができないのである。そんな中で郁雨は幾人かの好意を寄せた女性もいたのであるが、みんな失恋に終わってしまう。

そして啄木の妹・光子を嫁に欲しいと啄木に頼むのだが、啄木から断られ、代わりに節子の妹のフキを推薦されてフキと結婚することになる。

フキと結婚してから郁雨がフキを詠んだ歌が次の歌である。

・七夫婦三十人の大家族なかに君ゐき我が嫁として
・三十人の家族の中に唯一人君の頼みしわれは生者《なまもの》
（阿部たつを『新編　啄木と郁雨』洋洋社　昭和五十二年年五月　一二二頁）
（この二首の元は私家版郁雨歌集全十冊中、夫人を偲んだ『椿落つ』「夢と現実」の九頁に所収。私家版郁雨歌集に関しては、今回は山下多恵子氏の厚意によった。記して感謝したい。）

七夫婦とは①両親夫婦（宮崎竹四郎　クリ）、②本人夫婦（宮崎大四郎　フキ）、③大沼夫婦（母クリの兄・大沼夫婦）、④郁雨の長姉夫婦（よえ夫婦）、⑤郁雨の二姉夫婦（よし夫婦）、⑥郁雨の三姉夫婦（すえ夫婦）、⑦竹四郎の異母兄夫婦、である。その子供たちを含めると家族全員で三十人にもなるのであるから、その家長の嫁としての苦労は並み大抵のものではなかったであろうことが推察される。

光子の著書では「兄が節子さんに、〝ふき子さんは犠牲になったようなものだ〟と、たびたびいっていたのも覚えている。」（『兄啄木の思い出』）と書いている。

光子の著書では、郁雨の抱えていた大家族の長としての悩みはまったく書かれていないので、フキの犠牲とは、郁雨が妻の姉（節子）と不倫の関係を結ぶような人物であることを示唆し、そんな人物の犠牲になった、という意味に読者に理解されるようになっている。

しかしながら啄木が節子にたびたび言ったとされる「ふき子さんは犠牲になったようなものだ」の犠牲の本当の意味は、前述の封建的名残が強く、郁雨が抱えていた大家族による負担を意味していることは、郁雨の歌で明らかである。

ともかくも郁雨は啄木の薦めでフキと結婚する。

光子は郁雨の結婚相手として一旦は浮上したのであるが、結局は反故にされてしまうのである。

四　怨恨の発生

ところで光子の立場に立って考えてみた場合、一旦自分に求婚しておきながら、そのことを反故にして節子の妹・フキと結婚するとは何たることか、という怨恨の感情が生じたとしても当前であろう。郁雨にとって自分はいったい何だったのか、あまりにも自分を馬鹿にしているのではないか、という感情が生じたとしても不思議ではない。

問題は光子が、郁雨が一旦光子に求婚していながらフキに乗り換えたことを認識していたか、どうかである。認識していたとすれば、いつどんなきっかけで知ったか、である。光子の著書では、そんなことはまったく知らされていなかった、知らなかった、ということになっている。光子自身が「知らなかった」と述べているのだから、反証する証拠がない限りそれを信ずるしかない、という考え方もない訳ではない。

しかし、知っていながら「知らなかった」と書いているかも知れない。その可能性も否定はできない。むしろ状況論としては「知っていながら、知らなかった」と書いたというほうが事態の流れとしては自然であり解りやすい。もしも光子がそのことを知っていた、とすれば、光子の立場はあまりにも惨めなものであることを自分自身でも認めなければならない。さらに、光子の主張する「郁雨と節子は不倫の関係であった」という内容は、光子が郁雨にふられた、怨恨によるものであろう、と理解されてしまい、光子の主張はまったく説得力がなくなってしまうのである。

だから光子は実際には知っていても「知っていた」とは絶対に言えない。死んでも認められないのである。実際にも認めないまま亡くなっている。

実際には光子は啄木から知らされていた、と思われることを論考してみる。

光子は「兄が節子さんに『ふき子さんは犠牲になったようなものだ』と、たびたびいっていたのも覚えている。」と『兄啄木の思い出』に書いている。節子に「たびたびいった」と書いているが、「たびたび」の意味も考えてみたい。「たびたび」とは何回も言ったということであろう。

郁雨とフキが結婚してから光子が啄木と同居している期間はほんの僅かの短い期間でしかない。明治四十四年八月十日～九月十四日までである。この期間（三十六日間）に啄木が節子に「ふき子さんは犠牲になったようなものだ」と言う意味が了解し難い。しかも「たびたび」ということではなおさらである。啄木は節子と相談した上で、郁雨の嫁として節子の妹のフキを推薦しているのだから、郁雨の家の状況は了解済みのことである。いまさら節子に言うことでもないことを、どういう訳でたびたび言う必要があるのか、という疑問が湧いてくる。また光子が書いている内容が本当だとすれば、啄木はフキが犠牲となるような結婚をさせて申し訳ない、ということをフキの姉である節子に謝っていることになるが、そのようなことを示唆する資料はまったく見当たらない。

実際は、光子が啄木に対して、郁雨が啄木を通して自分に求婚して来たことについて、自分は郁雨と結婚してもよかったのに、（あるいは本音ではもっと強く、本当は自分は郁雨と結婚したかったのに）どうして自分にことわりもなく断ったのだ、としつこく詰問したことに対して啄木が応じた内容と考えれば理解しやすい。

啄木は光子に対して、郁雨の嫁になるということは、大家族の中で個人の意志が尊重されない、負担の大きいことで、フキはその犠牲になったようなものだ、と言って光子を諦めさせるために説得した、とすれば理解しやすい。それでも光子は執着性格であり、一度で納得できず

「たびたび」詰問したものであろう。

　さらに光子がこの時、啄木と同居していた時期には母・カツも同居している。この時の母・カツは、節子のカツへの不満を理由とする家出（明治四十二年十月二日〜二十六日）以来、弱い立場となってストレスが溜まっていた状態であった。

　カツは嫁に負けてしまった姑としての悲哀を、啄木の友人ではあっても血縁としては他人でしかない金田一京助にぶちまけている。その有り様は京助が書き遺している。カツは身内である光子には節子への不信不満を京助に対して以上にもっとぶちまけたであろう。

　節子の家出は、カツへの不満が原因とされているが二十四日で戻っている。この間に郁雨は結婚しているのだからフキの嫁入りの手伝いに行ったようなものである。

　啄木と節子の結婚当初は関係の良かった光子と節子の関係ではあったが、郁雨の結婚の経緯や実母に対する感情から、光子の心情に節子への怨恨感情が湧いてきたとしても不思議ではない。光子の理解では、節子の差し金で郁雨をフキに取られてしまったのである。

　しかしながら光子のこの怨恨の感情はひた隠しに隠されて光子一人の胸に深く閉まっておかれ、公に明らかにし始めるのはずっと後になってからである。当時は光子の立場を理解し支持してくれそうな人物は一人もいなかったからである。

　そのため節子は、光子の内心に燻り続けていた郁雨や節子への怨恨の感情を知ることなく死没している。節子にとっては光子との関係は友好のままであり、そのため啄木没後の自分の近況を知らせる意味で自分の写真を親しかった京助や郁雨だけでなく光子にも送っている。また啄木やカツの終焉の様子について光子宛に情愛のこもった長文の手紙を書いたりしている。

その後光子は、夫となる三浦清一との交際が始まり、清一の後ろ楯もあって、丁度函館の立待岬に啄木の恒久的な墓の建立を機会に、光子の心の深奥に沈澱していた郁雨と節子に対する怨恨の情を公にし始めるのである。

第四章　丸谷喜市の苦悩

一　丸谷喜市とは

「不愉快な事件」の顛末について大きく関わった人物として丸谷喜市がいる。

丸谷喜市は道立函館商業学校で宮崎郁雨と同級である。宮崎郁雨は明治三十八年（一九〇五年）卒業後も函館にいたためその後函館にやってきた啄木と親友となる。喜市は卒業後函館を離れ転々とした後で神戸高等商学校から明治四十三年（一九一〇年）に東京高等商業専攻部（現一橋大）に入学する。明治四十三年（一九一〇年）は啄木が最も充実していた時期で、そのころから喜市と啄木の交流が深まっている。

詩集「呼子と口笛」所収の「激論」に登場する「若き経済学者N」は丸谷がモデルで、その許婚者は喜市の許婚者だったと想定されている。

啄木の日記や他の人への手紙にもしばしば喜市の名前が散見される。また啄木最後の手紙は妹・光子宛のものであるが啄木の衰弱が著しいために喜市が代筆している。

このように喜市は啄木が晩年に最も信頼を寄せた親友であった。また喜市は同時に郁雨とも親友の間柄であった。

そして明治四十四年九月半ば郁雨と啄木の間に「不愉快な事件」が発生した時、啄木が相談したのが喜市である。喜市のとりなしで啄木と郁雨は義絶することになるのだが、この時の経過ややり取りについて喜市はずっとダンマリを決め込んでいたので一般には知れることがなかった。

啄木没後十三年も経ってから啄木の妹・光子が啄木と郁雨が義絶したのは、啄木の妻・節子と郁雨が不倫の関係であったから、と言いだした。当初はそのことは注目されることもなかったが、戦後になって啄木の革新的先進的思想が認められ、全国各地で啄木ブームが湧き起こってくる。

そんな状況で光子の夫がこの問題を取り上げ、「啄木の妻に愛人がいた」とセンセーショナルに報道され、昭和二十三年（一九四八年）には光子は『悲しき兄啄木』を出版し、さらにその一六年後の昭和三十九年（一九六四年）には『兄啄木の思い出』を出版する。

そして『兄啄木の思い出』に喜市は「啄木と私」というエッセイを寄稿している。そのため喜市は光子の郁雨節子不倫説に同意しているのか、と疑念を持たれたりしている。

しかし喜市はこの問題については一番状況を知っていながらずっとダンマリを決め込んでいたと思われる。この事に関して見解を公的に発表されていないのである。

喜市がダンマリを決め込んでいた理由は喜市も啄木の身内の一員になったからで、身内の人から傷つく人を出したくなかったからと思われる。実は啄木の娘婿となった石川正雄、旧姓・須見正雄は喜市の実兄・丸谷金次郎の嫁の弟に当たる。つまり正雄が啄木の娘・京子と結婚（正雄が石川家に婿入り）したことにより喜市は啄木一族とは親戚となるのである。そのため喜市が不愉快な事件について何かを話したとしたら、身内の誰かが傷つくことになり、そのためダンマリを決め込んでしまったのである。

身内でなかったとしても喜市は二人とも自分と親友であった啄木と郁雨の間の軋轢であり、何とか円満にケリをつけたかったであろうことが推測される。身内であればなおさらということになる。

それに対して郁雨の晩年の友人である函館の阿部たつをが喜市に対して、真実がわからないままにしておくのはいかがなものか、という手紙を送る。それに対して喜市はたつをに私信で返事を書くのだが、郁雨や光子など関係者がすべて死去した後、つまり傷つく可能性のある人がすべて亡くなった後になってその内容を大阪啄木の会の機関誌『あしあと』で活字化（公表）しているのである。

私（筆者・西脇巽）は『あしあと』は入手していないが、喜市がたつを宛に書いた手紙をたつをが公表している『新編　啄木と郁雨』（洋洋社　昭和五十二年）を入手している。たつをは自分に来た私信であるが『あしあと』で公表している内容であるから公表しても良いだろう、との判断である。『あしあと』は部数が少ないので広めていくにはたつをの判断は適切な判断であったと思われる。

たつをに送られてきたのは手紙の他に「覚書」とその「補遺」である。「覚書」は原稿用紙に書かれたもののゼロックスによる複写であった。つまり後に『あしあと』で活字化する原稿のコピーであったことが推測される。

二　喜市の覚書　たつをに送られた手紙より

以下に、前述の阿部たつを『新編　啄木と郁雨』の一〇四頁から一一一頁にわたって掲載された喜市がたつをに宛てた「覚書」とその「補遺」の全文を転載する。

覚書

―「美瑛の野より」について―

明治四十四年（当時、私は一橋、専攻部の学生であった）、夏季休暇で、郷里、函館に帰省してをった時のことであるが、八月下旬に、啄木から手紙を寄せられた。内容は本郷弓町からの移転通知を主とするものであった。その末尾には、当時未発表の一首が誌されてあったことを思ひ起す。

秋ちかし　電灯の球のぬくもりの　さはれば指の　皮膚に親しき

その年、私は新学年に備へて九月上旬に上京、一両日の后、小石川、久堅町に啄木の新居を訪ねた。勿論、私が久堅町を訪ねたのは、これが最初である。

二度目に久堅町を訪ねたのは同月中旬である。啄木が「ちょっと一緒に来てくれないか」と言ふので、ついて行ったが、はひったのは近くの蕎麦屋であった。腰かけると彼は「これは君だけに話すのだから、そのつもりで聞いてくれ給へ」と言って一通の封書を私の前に置いた。見ると、それは啄木の夫人、節子さんに宛てたもので、封筒の裏側には「美瑛の野より」とあり、次行に字数三字の未知の氏名が書いてあった（具体的に何といふ名前であったかは間もなく忘れてしまった）。だが其の美しく、特色ある筆蹟よりして、筆者が宮崎郁雨であることは私には一見して明かであった。

『一体これはどう言ふことなんだ』

『一両日前のことだが、節子が撲に隠くして、手紙か何かを懐にしてゐる様子に気がついたので、強く詰問すると「宮崎さんが私と一緒に死にたいなど……」と云って、取り出したのが之なんだ』

これで問題の核心がわかったので、それ以上に手紙を読む必要はないと、私は思った。ひとつには、よその他人の手紙は成るべく読まないと言ふことが、私の方針であったからである。

更に啄木の言葉が続く
『尤も、他の異性と、思ったり、思われたりすることは在り得ることで、自分にも経験があるから、僕は、この手紙が来ただけで節子を責めようとするのではないが……』併し啄木の気持はおさまらない様子であった。

おさまらない理由としてであろうが、啄木は『この事について撲が問ひただすと、節子は兎角、嘘を言ふので腹が立つ』と附言したが、それが本当の理由であったとは思はれない。何れにせよ、本当にむづかしい問題が起ったものだと私は思った。暫く考へる必要があると思ったので、啄木に、両三日の日子を貸して欲しいと申し入れ、なほ其の間、平穏に起居するよう、希望して辞去した。

私は翌日、節子夫人に書面を送った。内容は、どうか、本来の御夫妻に帰って貰ひたいと言ふことである。

同時に郁雨宛に手紙を書いた。趣旨は『美瑛より石川夫人への、貴状を啄木から示された。夫人に対する君のこころ及び君の在り方はplatonicなものと思ふが、それにしても、このまま石川家との交際乃至文通を続けることは、結局、啄木夫妻の生活を危機に陥らしめる虞があるから、今后、夫人および同家との交際ないし文通は止めて欲しい』と言ふことである。

これに対して、郁雨から先ず電報が来た、曰く『フミミタ、キミノゲンニフクス』と。数日后に手紙が届いた。初めの方に『幸ひ、貴兄は「プラトーニック云々」と切り出して呉れたので、答へるが、事実その通りである』と書いてあったほかは電文と同趣旨のものであった。

私はまた、すぐに久堅町を訪ねたのであるが、そのとき気がついたことは、啄木と節子さんとは、既に夫妻本来の姿に帰ってゐたことである。これは私にとっても大きな喜びであった。私は啄木に対して、それまでに私の採った措置および郁雨との通信の内容を報告する。啄木はこれを多とし、且つ諒承したようである。

ところで、ひとつだけ書きとどめて置かなければならないことがある。ほかではない。啄木は其の際、郁雨と私との間に交換された書簡中のプラトーニックと言ふ言葉を取りあげて、『その点は撲も疑はないよ』と言ったことである。その時の彼の声を、私は今なほ、はっきりと思ひ起すことが出来る。

次ぎに私は啄木に一時、遠慮して貰って、節子夫人に会った。ここでも一応、私と郁雨との文通の内容を繰りかへした上、どうか御夫妻本来の姿に帰って貰ひたいと念を押し、且つ「今后は夫君に対する言葉と行動に於て、虚構のないように」と、学生としては柄にもない忠言と希望を述べたのであるが、これに対する夫人の返事は『はい、これからは決して嘘は申しません』と言ふ誓ひの言葉であった。

プラトーニック云々については、上述のように、郁雨はこれを肯定し、啄木もそれを疑はないと明言した。周囲の事情、および郁雨の性格に鑑みて、私には初めから予想されたことであるが、それが二人によって、はっきりと肯定されたことを、私は深く当事者のために喜ぶものである。

或る人々は、プラトーニックか否かは問題ではないと言ふ、それも、ひとつの考へ方であろう。私は、その高度に理想主義的な態度を多とするものであるが、世間の常識は幾らか之と違った判断をするのではないかと思ふ。

世間には、主題たる事件に関して「不貞」といふ言葉を用ひる人もあるが、これは聊か反省を要することだと思ふ。およそ不貞といふ言葉は、プラトーニックの線を越えた場合を指すもので、超えない場合は其のうちに含まれないと見るのが良識だと考へるからである。

以上は、啄木が「君だけに」と前置きして語った問題と、それから起った波紋の大要である。爾来五十余年間、私が沈黙を守り続けてきた理由は、以上によって理解して頂けるであろう。私は出来ることなら今后も沈黙を守り続けたいと思ってゐる。ところが、こと志に反し、近年この問題について数々の推測と誤解とが渦まいてゐる様子で、而も其の或るものは、今は故人となった三人の友人の名を、不当に傷ける虞がある。止むを得ず、この覚書を草した所以である。但し公表の時期については尚ほ暫く考慮したいと思ふ。以上

昭和四十三年五月六日擱筆　丸谷

「覚書」への補遺

一

「美瑛の野より」、殊にその内容について、過日のお手紙には、啄木は嘘つきの名人であったから、これも嘘ではなかったかと云ふ趣旨の御言葉がありましたが、私は肯定し兼ねます。理由は次の通りです。

(A)私が親しく啄木に接した（彼にとっては晩年の）一年有半は、彼がそのような未熟さから完全に蟬脱し了った時期であったこと、

事実、私は彼の嘘といふものを聞いたことが無かったこと、

(B)啄木と親しく交った私にとって、彼の言ってゐることの真偽がわからぬと云ふようなこ

とは有り得なかったこと、
(C)問題の性質上、彼が戯れに云ふ筈はなかったこと、
前に述べた理由によって、手紙の内容は披見しなかったけれども、相ひ信じる者の間では、
それで充分であったこと、
(D)次に、手紙の内容について、郁雨および節子夫人に、書面及び口頭で、所見乃至希望を
述べたが、内容についての否定の言葉は、ひとつも寄せられなかったこと、
(E)四十二年秋ふき子さんと結婚し、四十三年長女を挙げた郁雨が、四十四年に、問題のよ
うな書面を節子さんに送るなどとは信じられないとの御来示（そのような理由を離れて、
私にとっても、郁雨があのような手紙を書くなど、事前には到底想像も出来ないこと）
でしたが、振りかへって考へると、ふき子さんとの縁談の進行した機縁のひとつは、節
子夫人に対する好感であったことに鑑みて、絶対に有り得ないことではなかったこと、

二

私は、ふき子夫人存命中（なほ御健在と思ひますが）前紙、覚書を公表することは如何
なものかと懸念してをります、以上

三　「一緒に死にたい」

妹・光子の書では問題の手紙は節子が読む前に啄木が読んだことになっているが、「覚書」で

は節子が懐に入れていたのを啄木が詰問したことになっている。これでは光子か啄木かのどちらかが嘘をついていることになる。さらには「覚書」を書いた喜市が嘘を書いている可能性も否定できない。

覚書によれば節子は「宮崎さんが私と一緒に死にたいなど……」などと書いて寄こしたことを啄木に話したことになっている。もしも郁雨と節子に不倫の関係があったことが仮定でなく真実なら節子はひた隠しにするであろう。手紙だって絶対に見つからないように隠すであろう。郁雨のことは後述するとして、節子の行動からは、夫の友人と不倫の関係になってしまったことに対する、後ろめたさ、露顕したらどうしようという不安、懊悩、動揺、切なさ、隠しておきたい心理、などが喜市の覚書からも読みとれない。節子の懊悩や切なさなどは不愉快な事件に関係する他のどの資料からも読み取れない。節子の行動はあまりに呆気らかんとしている。節子の心情には何の疚しいものはないからとしか考えられないのである。

私は郁雨が「節子と一緒に死にたい……」などと手紙に書く筈がないと思っている。死にたいのはむしろ郁雨よりも節子のほうであろう。郁雨は明治四十二年十月に結婚している。不愉快な事件発生の明治四十四年九月ころには長男・捷郎が誕生しているかも知れない。郁雨が死にたくなる要因を見つけることができない。それに対して節子のほうは不愉快な事件の発生する三カ月前の明治四十四年六月には、節子の実家の盛岡から函館への移転にからんで、気狂いしそうな程の夫婦喧嘩をしており、節子の実家との文通の遣り取りも啄木から禁止されている。

実家の移転に当たって一度実家に行ってみたい節子と、絶対に行かせたくない啄木との間の大喧嘩である。それに啄木の私生活の経済的貧窮は相も変わらずで「死にたい」気持は郁雨よりもむしろ節子のほうと思われるのである。

また当初の私は郁雨の節子に対するプラトニックラブについても疑問であった。しかしながら山下多恵子氏が見つけて公表した郁雨歌集の中に無視できないものがあって、私の論考もプラトニックラブ肯定へと些か修正しなければならなくなった。郁雨が節子を詠んだ歌については別に論考を展開するが、ここでは次の歌についてだけ検討しておく。

・かの時に死なむと言はば君何と答えしけむと泣きつつ思ふ

（国際啄木学会盛岡支部　第一七三回例会　二〇一一年十一月二十三日
山下多恵子「啄木と郁雨、そして節子」研究報告資料より引用）
（元は私家版郁雨歌集『鴨跖草《つきくさ》』五三頁に所収）

郁雨が詠んだ歌で君とは節子と理解できる歌である。いつ詠んだのかはさだかではないが恐らく節子が亡くなった後に、節子を追想して詠んだものと思われる。

あの時、自分（郁雨）が君（節子）に向かってもし「死にたい！」と言ったら、君は何と答えただろう、ということを泣きながら思い出して考えていた、という意味であろう。あるいは「死なむ」は「一緒に死のう！」という解釈もなりたつ。とすれば節子が啄木に言ったとされる「宮崎さんが私と一緒に死にたい……」と書いて寄こしたことと内容が一致して来るのである。

しかしながら「言はば」と「何と答え」の解釈も微妙である。「言った」のであれば答はわかっているはずであり「何と」はおかしい。「言はば」「何と答え」は「もし言ったとすれば何と答えるだろう」と解釈すべきで、実際には言ってない。郁雨の回想と空想の歌のように思える。

しかし私はこれらのことが事実であったとしても時空的に一致しているとはとても思えない。節子が、現実には兄ではないが兄として慕う郁雨に対して窮状を訴えて「こんなことではいっその事死んでしまいたいわ」と愚痴ったことに対して「自分だって苦しくなって死にたくなることがありますよ」と慰める。続いて「それじゃ一緒に死にましょうか」「そうだね」みたいな遣り取りがあったとしても不思議ではない。もちろんそれは本気でなくて冗談である。冗談によって懊悩を幾らか軽減させる。

このような遣り取りは窮状の深刻さを表わす表現ではあっても、「死」は比喩的表現で実際の「死」を意味していない。本当の死を意味していないので節子も気軽に啄木に言うことができた。過去に郁雨と節子の間にこんな遣り取りがあったとしても不思議ではない。

しかしこの歌は、郁雨の心情に節子に対するプラトニックラブの存在を否定することを困難にさせる歌でもある。

郁雨のほうに節子に対してプラトニックラブがあったとして、節子のほうはどうか。節子ののほうには郁雨に対して兄のように慕ったり経済的に頼ったりする心情はあったと思われるが、例えプラトニックであってもラブ（男女の愛の心情）を嗅ぎとることはできない。節子は弱々しい女ではない。したたかで頼もしく逞しく頭も良く、しかもチャッカリしていて些かずるいところもあって、郁雨を利用することはあっても郁雨に絆されるような女ではない。函館で待機していた時はいつまでも郁雨に頼っている訳にも行かないということで、長期戦の覚悟で宝小学校の代用教員になったくらい逞しく行動的なのである。

実際のこととして、親友の妻に対して一緒に死にたい、という思いが本当にあった場合、そのことを手紙に書いて親友の自宅に送るであろうか、疑問でならない。もしそれが真実だとすればその人物はかなり重症の病的な情意鈍麻である。

「死にたい……」の意味は実際の死を意味するのでなく、「死にたくなるほど辛い」という比喩的あるいは文学表現的な意味でしかない。啄木短歌でも頻繁に「死」が使われている。

・大《だい》といふ字《じ》を百《ひやく》あまり
　砂《すな》に書《か》き
　死《し》ぬことをやめて帰《かへ》り来《きた》れり　（「我を愛する歌」『一握の砂』10）

・死《し》ね死《し》ねと己《おのれ》を怒《いか》り

もだしたる
心《こころ》の底《そこ》の暗《くら》きむなしさ　（「我を愛する歌」『一握の砂』71）

・かの船《ふね》の
かの航海《かうかい》の船客《せんかく》の一人《ひとり》にてありき
死《し》にかねたるは　（「我を愛する歌」『一握の砂』74）

・死《し》にたくてならぬ時《とき》あり
はばかりに人目《ひとめ》を避《さ》けて
怖《こは》き顔《かほ》する　（「我を愛する歌」『一握の砂』113）

『一握の砂』だけでもこれだけ抜粋できる。これらの作品から啄木は死ぬほど辛い心境であったことが推測されるが、具体的な死は連想されない。しかし「覚書」のこの部分「郁雨が節子と一緒に死にたい」は、郁雨節子不倫肯定派に悪用される要素を含んでいる。

四　喜市の苦悩

喜市は郁雨や光子、それに郁雨の妻のふき子などこの事件に関係する人がすべて亡くなるまで、事態の真相を公表することを拒んでいた。ふき子は郁雨よりもずっと前に既に亡くなっているのだが、喜市はそのことも知らずに気にかけていたのである。

昭和三十年二月　郁雨の妻・ふき子　逝去
昭和三十七年三月二十九日　郁雨　逝去
昭和四十三年五月六日　喜市、たつをに「覚書」を私信で送付
昭和四十三年十月二十一日　光子　逝去
昭和四十四年四月　喜市、「覚書」を大阪啄木の会の機関誌『あしあと』で公表

喜市は関係者が生存していたのではその人を傷つけてしまうことを恐れ苦悩し、関係者がすべて亡くなったことを確認するまで「覚書」を公表することを控えていた。『あしあと』で公表したのは喜市自身が亡くなる五年前の八二歳の時であるが、関係者よりも喜市が先に亡くなる状況では永遠に公表を憚っていたかもしれない。

ところで関係者がすべて亡くなったとしても関係者の子孫、具体的にいえば郁雨の子孫、光子の子孫、啄木の子孫もいる。彼らに対する慎重な配慮も必要となってくる。

喜市の慎重な配慮とは、自分の身内でもある郁雨節子光子さらには啄木も含めて誰にも深い傷をつけない、あるいは深刻な争いを生じさせない、というものである。つまり誰の顔も立てる、というものである。

郁雨に対しては、郁雨の節子に対する想いは「プラトニック」なもので不倫とか貞節を云々

するものではない、ということで郁雨の顔を立てている。光子に対しては、郁雨の節子に対する想いは手紙で「一緒に死にたい」というほどのもので啄木を怒らせるに充分な内容であり、それを光子が非難するのは当然である、ということで光子の顔を立てることになっている。

しかし両者の顔を立てるということは本来あり得ることではないであろう。両者の顔を立てるということは同時に両者の顔を潰すということにもなる。

ここで関係者がすべて亡くなるまで公表しない、とはどういう意味があるのかを検討して見よう。生存する関係者を傷つけたくない、という言い訳は如何にもきれい事のようにも思える。

ところで関係者は亡くなったとしても関係者の肉親は生存している。しかし子孫たちが喜市の「覚書」に異論が出されたとしても直接の関係者が死没していたのではたとえ近親であっても異論をさしはさむことは困難である。「死人に口なし」で生き残ったほうはどんなことでも言えるのである。

つまり直接の関係者がすべて亡くなってしまえば、喜市はどんなことを言ってもそれに反論することは誰にもできない。つまり喜市はどんなことでも言えるのである。

喜市の「覚書」には誰も反論できないことになる。喜市は反論することのできる人物がすべて亡くなるのを待っていたということもできるのである。

五　死人の口

「死人に口なし」であるが、もしも郁雨や光子が生存していた時に喜市の「覚書」が公表されていたと仮定して、彼らの反応を想像してみたい。以下の文は彼らが書き残したものではないが、彼らが書き残した諸々の資料を勘案して筆者（西脇巽）が創り上げたものである。

・郁雨は次のように反応するであろう。

自分が初めて節子さんを見た時は、鬢のほつれも痛々しいような、生活に疲れたような容姿であった。女性としての魅力には乏しくて、とても熱烈な恋愛の輝かしい華々しい勝利者のようには見えなかった。しかしその後に節子さんが甲斐甲斐しく啄木の世話をし、啄木を熱愛している姿をみて、その当時に失恋を繰り返していた自分の目には、節子さんが啄木を熱愛しているように、自分を熱愛してくれる女性が欲しい、と思うようになって行った。言わば理想の女性像のようになっていった。そのうちに節子さんが自分の恋人だったら、あるいは妻だったら良かったのに、などと思ったりしたが、それは理ないことは当然のこと。

また節子さんが経済的なことや姑のことで苦悩していることを知って、同情の気持ちも強くなり、自分にできることなら援助してやりたい、という気持ちにもなった。

啄木は容姿知性なども含めて女性としての橘智恵子に憧れて『一握の砂』でもたくさん載せている。智恵子は結婚するが、啄木の智恵子への思いは清純なもので、そのことで啄木の家庭や智恵子の家庭を壊したりしていない。自分の節子への思いも啄木の智恵子に対する思いと似たようなもので、啄木の家庭を壊したり、その後に節子の妹・フキと結婚した自分の家庭を壊すようなものではない。

自分が「節子さんと一緒に死にたい」などと書く訳がない。私は節子さんから「自分の病気の具合が悪い」と言う手紙が来たので「そんなに悪いなら実家に帰って静養してみたら」という返事を書いただけ。節子さんは私の妻の姉であり親友・啄木の妻であるから肉親の情愛として慰めの気持ちから返事を書いたのだが、そのことが節子さんを実家に帰したくなかった啄木の逆鱗に触れてしまったのだろう。

実は自分が節子の妹のふき子と結婚する時に節子は家出をしていて盛岡の実家にいた。その時に盛岡にふき子を迎えに行った村上のおじ（祐兵）が節子と会っていて、函館に戻ってから「節子のやつ変な顔をしていたぞ。あのままにして置くと死んでしまうぞ」と言った言葉が耳に残っていた。それで節子さんから「自分の病気が悪い」と手紙で言って来たので「病気がよくなければ、一日も早く実家の堀合へ帰って静養するのが一番だ」という意味の返事を書いた。

あの手紙を書いたことは間違いないことだが、匿名や偽名で出した訳でもない。そんなことをしても筆跡でわかることであり意味がないではないか。

ともかくも節子さんのことで啄木を怒らせてしまい、喜市からこの際啄木と義絶したほうが良いだろう、と言われて啄木夫婦の安定のために喜市がそういうのならそれも仕方がない、と思って喜市の勧めに従ったまでのこと。しかしいずれ誤解が解けて仲直りはできると思っていた。自分と啄木との親友としての友情はそんなに簡単に崩れるものではない。

　啄木が亡くなった後、啄木第二歌集『悲しき玩具』のなかに「買《か》ひおきし／薬《くすり》つきたる朝《あさ》に来《き》し／□友《とも》のなさけの為替《かはせ》のかなしさ。」(187)を見つけて、私はこの歌は啄木からの私に対する和睦のサインと読んで私も啄木の気持ちを汲んで義絶の気持ちを解いた。

・光子は次のように反応するであろう。

「覚書」では郁雨と節子の情愛は「プラトニック」なものだということを強調しているが、プラトニックなレベルの情愛で「一緒に死にたい」という思いになるはずがないではないか。プラトニックなレベルを超えた関係となっていたからこそ「一緒に死にたい」と思う迄に至ったのではないか。喜市の「覚書」は郁雨と節子の関係が愛人関係であった、不倫の関係であったことを証明してくれたようなものと言える。

・啄木は次のように反応するであろう。

　郁雨の気持ちは私はよくわかっている。私は函館にいたころ郁雨たち、函館の苜蓿社の仲間たちに、私と節子の恋愛についてよく話して聞かせたものだ。郁雨は節子が私を愛してくれたように郁雨を愛してくれる女性を求めていたので私は節子の妹のふき子を郁雨の妻に推薦したのだ。郁雨の気持ちの中の節子は私に対する節子の情愛に対するもので、それ以外の何物でもないことは分かっている。

ただ私にとって腹立たしいのは、郁雨は節子を、いくら節子の病気があったからと言って、私にことわりもなく、節子の実家に行くように唆していることで、節子に出ていかれたら病人だらけの我が家は壊滅状態になってしまう。病人だらけでなかったころでも、節子に家出された時の私は大変な思いをさせられたのだ。あんなに辛い思いをさせられるのはもう懲りごりなのだ。だから郁雨には節子を実家に帰るように唆すようなことは絶対にして欲しくない。

そのことで郁雨と私の共通の友人である喜市に相談してみたのだが、私の話し方もまずかったが、私が本当のことを喜市に話す前に喜市は早とちりしてしまって私と郁雨が義絶するようにしてしまった。喜市がとった措置は、私の本意とはいささか異なるのだが私が言い出したことなので反対することもできなかったし、郁雨と義絶すれば郁雨が節子を唆すこともうないであろうことから安心できるので、一応諒承したのだが、あの場ではそうするしかなかったのだ。喜市は喜市がとった措置について私が「これを多とし、且つ諒承したようである。」と書いていて「諒承した。」とは書いていないのはそのためなのだ。

私とすれば郁雨が節子に実家に行くようなことを唆さなければ郁雨と仲直りしたい気持ちだし、節子と話し合った結果、喜市が措置する前に節子が「実家には行かない」と言ってくれたので節子とは元の夫婦仲に戻っていた。

私としては郁雨と仲直りするつもりで、

・買《か》ひおきし／薬《くすり》つきたる朝《あさ》に来《き》し／□友《とも》のなさけの為替《かはせ》のかなしさ。」（『悲しき玩具』187）

をいつかは公表するつもりでいた。

六　まとめ

喜市は事態の真実を明らかにしようという姿勢ではなかったことは明らかである。真実を明らかにすると言うことは誰かを深く傷つけることになる。喜市の基本姿勢は、真実を明らかにする、というよりも誰をも深く傷つけることをしたくなかった。関係者は誰もが喜市の身内の者であり、身内の間にしこりを大きく残すことを避ける必要があった。そのため喜市は慎重に配慮を重ねる必要があった。ここに喜市の苦悩の大きさがある。

もっと突っ込んで論考すれば、喜市とて真実を把握できていなかったと思われる。喜市が啄木の「忠操恐怖症」を理解していればもっと違う対応をしたと思われるが、未だ未婚で人生経験も乏しい若者時代の喜市にそれを求めるのは酷であろう。

郁雨には、節子のことで啄木を怒らせてしまう手紙を書いたのはまずいから、啄木とは今後付き合うことを止めるように、と勧めたのは真実と思われる。そして郁雨の節子への情愛はプラトニックなものだったことを郁雨も啄木も認めたことで、郁雨を擁護しているかのようである。

他方光子には、郁雨の節子への情愛は不倫とか不貞というものではなくプラトニックなものだからそんなに目くじら立てて怒らなくてもいいではないか、とすすめているようである。
実際に喜市のこのような姿勢は、郁雨と節子の関係がたとえプラトニックなものであっても
それを許せない光子のキリスト教徒としての純粋で厳格な姿勢によるものだろう、という解釈
や、光子の怒り過ぎ、との考えを生みだしている。
これらの解釈は郁雨と節子の関係の中に光子を怒らせるものがあった、という意味では光子
よりの姿勢となっている。とくに真実かどうか疑問ながら、郁雨が「節子と一緒に死にたい」
と書いたということを喜市は紹介しており、このことは石井勉次郎から「郁雨と節子に不倫の
関係があった」という論拠として利用される弱点を内包するものとなっている。
喜市は、ただ真実だけを書けば良かったのに、慎重な配慮をしたが故に真実からかけ離れた
ものを書いてしまった。そのため真実から離れた内容となり、それは誤解を生む基となったり、
特に石井勉次郎に代表されるような、郁雨に対して好意的に思っていない人物から悪用される
ものとなってしまっているのである。

啄木は亡くなる直前、節子に自分の死後「函館には行くな！」と言い、節子も「行きません！」と誓った。また節子の父・忠操も啄木没後に節子に「函館には来るな！」と伝えているらしい。「不愉快な事件」で啄木の妹・光子説を支持する人は、三人とも節子が函館に行くことに反対なのは、函館には光子の不倫の相手である郁雨がいるから、との考えである。

節子と郁雨が不倫の関係であるならば、啄木が節子を郁雨のいる函館に行って欲しくないことは当然のこととして理解できる。また節子も夫に対して貞節を守ろうとして郁雨のいる函館に行こうとしないことも理解できる。忠操までが節子の函館行きに反対なのは、忠操が節子と郁雨の不倫の関係を知っていたからである、との考えである。

実は、郁雨の妻は節子の妹・フキであり忠操の次女である。忠操にとっては啄木に死なれ、しかも身重となっている節子も可愛い娘であるが、次女の夫・郁雨の不倫相手の節子が函館に来たのでは、郁雨とフキ夫婦の間に波風が立つことが当然のこととして予想される。忠操はフキのため、それを避けるために節子に「函館に来るな」と伝えたということになる。

しかしながら、もし忠操がそのような理由で節子に対して「函館に来るな」と伝えたとしたら全体的整合性はどうなるのだろうか。

忠操がもしそのように考えていたとすれば、忠操は節子を函館に呼ばないだけでなく、呼べない原因をつくったもう一人の人物、郁雨に対しても陰性的感情を強く抱くであろう。忠操と郁雨の間の大きな軋轢となったに違いない。次女を嫁に嫁がせたのに長女と不倫の関係になるとは何たることか、と言う憤怒の感情が生ずるに違いない。しかしながらその後の経過でも忠操と郁雨の間には対立や矛盾を見つけることはまったくできない。

実際の経過は、節子はこのままでは飢え死にするしかない状況となって函館の実家を頼って行くのであるが、そのために郁雨とフキ夫婦の間に波風が生じたということを証明するものは何もない。むしろ忠操は郁雨と協力しあって節子の面倒を見ている。郁雨は節子の臨終にも立ち会っているし、その後も啄木や節子の墓の建立にも多大な協力をしている。忠操と郁雨の関係は終始一貫して良好な関係であったとしか思えない。

郁雨が詠み、函館新聞に発表した歌として、次の歌を光子は自著『兄啄木の思い出』で紹介している。

・その父といさかいしたる我とも
　知らじな

汝の我をしたへる

啄木の娘である「京子」と題した歌である。本来は、

・その父といさかひしたる我ぞとも知らじな汝の我を慕へる（私家版郁雨歌集『鴨跖草《つきくさ》』四〇頁）

と、一行書きであった。

歌の意味は、啄木と郁雨は喧嘩したのだが、そんなことも知らないで啄木の娘は郁雨を慕っている、ということである。

光子は啄木と郁雨が義絶したことの意味、「いさかい」の奥をただして欲しくて紹介したのであろうが、光子にとっては皮肉なことに光子の意図とは異なる意味を含んでいる。この歌は忠操と郁雨の関係が良好なことの証明でもあるのである。

当時京子は忠操の手元で育てられていた。その京子が郁雨を慕うようになる、ということは忠操と郁雨とは良好な関係であったからである。もし次女の夫が長女とも良からぬ関係を持っていたとしたら、良好な関係など生まれるはずがないし、そうなれば忠操の下で育てられている京子が郁雨を慕うようになる、などということも起こるはずはないのである。

忠操は郁雨に対して、身内の者として、次女・フキのことも考えて、良からぬことがあった

としても特別に甘く寛容に対応したということだろうか。しかし節子に対して当初は函館に来るなと厳格に対応していた忠操だったのに、急に軟弱になってしまうとは解せないことである。

つまり忠操は、節子と郁雨の不倫を知っていたがために、当初は節子の函館行きに反対であった、ということを証明するものは何もないのである。忠操が当初は節子の函館行きに反対であった理由は別の理由があったからである。その真の理由とは、そもそも啄木と節子が親の大反対をむりやり押し切って結婚したというところに根本的問題があるのだが、詳細は別項に譲るとして、ここでは忠操が節子と郁雨の不倫を知っていたということはあり得ないことを述べておく。つまり忠操が当初節子が函館に来ることに反対したことが、節子郁雨の不倫の証明にはならないのである。

なお郁雨の妻・フキについても述べておく。フキについては文献も少なく良く知られていない。そのために勝手に想像されて書かれてしまう傾向も否定できない。

澤地久枝氏は『愛の永遠を信じたく候―石川節子』（講談社　一九八一年五月）で「ふき子は生涯、啄木を許さなかったといわれる。」と書いている。山下多恵子氏は『忘れな草　啄木の女性たち』（未知谷　二〇〇六年八月）で、

姉妹の弟堀合了輔はふき子のことを「徹底的に啄木には顔をそむけた人である」と書く。函館で啄木に関する行事があってもいっさい出席せず、啄木の名を口にすることもなかっ

たという。姉を不幸にした男、と恨んでいたのかも知れない。

と書いている。澤地久枝も参考文献に堀合了輔の書『啄木の妻節子』をあげているので、弟の目にはそのように見えたのかも知れない。

なお啄木は、明治四十四年六月に節子の実家・堀合家が盛岡から函館に転居したことに関連して、節子が実家に行こうとしたことをきっかけに堀合家と義絶し、実家から節子への手紙などを拒否する態度をとっている。この義絶は解消しないまま啄木は亡くなっているのである。

フキの立場からすれば、啄木は姉・節子を不幸にし、自分の夫・郁雨と義絶したばかりでなく、その前には自分の実家とも身勝手に義絶したりで、啄木の理不尽さばかりが目についていたことが思いやられる。節子とフキの弟・堀合了輔の目には、そのようなフキの姿が強く印象に残っていたことであろう。

もっとも啄木と堀合家との義絶は、節子に堀合家に来るような誘いの手紙を書いて欲しくない、というものでしかない。堀合家が盛岡から函館に移ってから後に忠操の長男・赳夫が家の金を持ち逃げして家出をした時には、忠操は啄木に赳夫の保護を依頼する手紙を書いており、啄木はそれにはまともに応じている。

しかし忠操にしても啄木に対する陰性感情は強かったと思われる。忠操が啄木を見なおすのは大正八年になって啄木の親友・土岐哀果が啄木全集を新潮社にかけあって発行して、それが予想を遙かに超えて売れに売れて二八〇〇〇円の印税が忠操のもとに届けられてからのことであろう。

フキも最後まで「徹底的に啄木には顔をそむけた人」であったとは思われない。小樽の啄木歌碑建立に際しては郁雨・フキ夫婦で参拝しているのである。時の流れが怨念をも流して行ったということなのか、啄木の価値が見直されたのか、多分その両方であろう。

なお郁雨と節子が不倫の関係であったことを前提として、フキの心情に同情的に著している書もあるのだが、フキにしてみれば見当違いの余計なお世話でしかない。郁雨とフキ夫婦に、夫が妻の姉と不倫、というようなことがあればそれは異様な夫婦であり異様な家庭となろう。郁雨とフキは普通の夫婦であり、子供たちも普通に育っている。

郁雨の晩年の友の阿部たつをの著『新編　啄木と郁雨』（洋洋社）によれば、世の中に「厳父・慈母」という言葉があるが、郁雨とフキの子供たちの目から見れば「慈父・厳母」だそうである。

またフキが絶対的に信頼と尊敬を寄せていた女性二人を紹介している。一人は自分の姉で啄木の妻である節子。もう一人は郁雨の初恋の女性・松沢清子。郁雨は清子と文通している間に清子は結婚して郁雨の初恋は破れる。しかし郁雨もフキと結婚してから二組の夫婦（郁雨・フキ夫婦と松沢某・清子夫婦）は夫婦ぐるみの交際が始まる。この二組は夫婦としても、また一人一人の個人としても興味深い人たちである。

フキは九人同胞の二番目次女として姉・節子の次に生まれている。下に七人もの妹や弟がいれば、母や姉を助けて下の同胞たちをリードして行くしっかりした性格になって行くであろう。さらに上に姉・節子を見て育つので姉を参考にすることができる。姉以上に賢しくなって行くであろう。

郁雨との結婚当初は弱音を吐いたこともあるようであるが、父・忠操の励ましなどで大商人、大家族の当主の嫁としての困難な任務をやり遂げて行く。そんなフキが郁雨と結婚し、郁雨の初恋の女性だった人にやきもちなどのような陰性感情を持たないで信頼と尊敬を寄せていることが興味深い。特に郁雨の妻以外の女性に対する情というものをフキがどのように受け止めていたかということが興味深いところである。一般論として予想されるような嫉妬混じりの陰性感情を見ることができない。それも郁雨の性格・人柄に起因することなのであろう。

金田一京助一家と宮崎郁雨一家を比較すると面白いことがわかる。京助は理屈抜きの啄木好き。京助の妻は徹底した啄木嫌い。そのため京助の息子の春彦は表向きは父の顔を立てる時もあるが本音では啄木嫌い。そのために啄木についてはひねくれてしまっている。郁雨も啄木好きは京助と同じ。郁雨の子供・捷郎は啄木の遺児や啄木の孫の面倒をよく見ている。京助の息子の春彦と違って郁雨の啄木好きを素直に引き継いでいる。そしてフキはその邪魔をしてはいない。フキが夫と姉の不倫を疑っていることを示すものは何一つとして見当たらないのである。そして夫・郁雨と共に小樽の啄木歌碑に参拝しているのである。

啄木日記が活字として公表されその文学的価値が高く評価されている。二〇一一年二月に出版された『啄木日記を読む』（池田功　新日本出版社）が参考になる。ところが啄木日記の一部が欠落しているという。特に「不愉快な事件」に関係する時期の日記が欠落していることについて、郁雨節子不倫論者は、郁雨と節子が不倫の事実を隠蔽するために勝手に処分したのだ、と推測している。

私の推測では、日記の欠落している部分は節子が処分したためである。理由は啄木が忠操の機嫌を損なうような、あるいは怒らせてしまうような内容が書いてあったからである。忠操は節子を啄木と会わせないために自宅に軟禁するほど大反対であった。それを結婚できないなら心中する！などということを匂わせてむりやり結婚した啄木と節子である。結婚後も啄木は忠操恐怖症の状態が続いていた。郁雨が節子に「病気が悪いなら実家に帰って静養したら……」と勧めた手紙に対して怒り狂った啄木が、節子を実家に行かせたくない内容の日記を書いた。その内容に忠操に楯突く内容があったとすれば、節子にはとても都合が悪い。戻りたくなかった実家に飢え死にするしかない状況で、仕方なく戻って肩身の狭い思いのところへ、忠操を怒らせる内容の日記は忠操の目には触れさせたくない。

もしも節子が日記を処分しないで日記が欠落していなければ、あるいは現存して発見されれば、その日記は不倫などいうものではなかったことの証明になるものと思われる。しかし節子にしてみれば自分の死後になって自分と郁雨が不倫の関係であった、などと言い出す人物が出現しようとは夢にも思わなかったであろう。父への気遣いで割愛処分してしまったのである。

節子は父・忠操の大反対を押し切ってむりやり啄木と結婚している。啄木が死んだからと言ってノコノコと実家に帰ったのでは節子の意地も面子も丸つぶれなのである。だから実家に帰ることはギリギリまで避けていた。しかしこのままでは飢え死にするしか仕方がないので実家に帰ってきた。

筆者には実家に帰りたくなくても、帰らなければ生きて行けない、節子の切ない心情が良く理解できる。筆者が何故そのような理解をするかと言えば、家族の大反対を押し切ってむりやり結婚を強行した夫婦が、夫婦生活に破局を迎えた時に、特に女性はオメオメと実家には帰れない。「だからみんなあんなに反対したじゃないか！」と結婚強行を責められることは火を見るよりも明らかなのである。そのために情緒不安定となるケースを患者の中にしばしば見てきたからである。

節子は忠操や実家を嫌っていたから帰ろうとしなかったのではない。忠操や実家に対して「啄木と結婚して良かったのだ！」ということが証明されないうちは実家には帰りたくなかった。しかしこのままでは飢え死にするばかりの極限状態となってきたために、節子は意地を捨てて実家を頼って帰るしかなかった。

もし節子が大正八年まで生き延びて、啄木全集が売れに売れていることを知ることができたならば、節子は大きな顔をして実家に帰ることができたのだが……。

第六章　啄木の「忠操恐怖症」

序論　山下多恵子氏の論考について

二〇一四年三月発刊の『啄木　ふるさと人との交わり』（森　義真　盛岡出版コミュニティー）で森義真氏は私の提唱する啄木の「忠操恐怖症」について「筆者も概ねこの説に賛同する。」と述べている。しかしながら山下多恵子氏は同書の解説で、

「恐怖」というよりは、煙ったい・気まずい・後ろめたい……というような気持ではなかったか、と私は思うけれども、謹厳実直を絵に画いたような義父は、「定職を持たず夢ばかりを追いかけていた」啄木にとって、その前に出ると知らず識らず萎縮してしまう、そんな存在であったことは確かだろう。

と述べている。これでは私の提唱する啄木の「忠操恐怖症」に賛成なのか反対なのか判然としない。山下多恵子氏が主張したいのは「恐怖」と言う程のことでもなかろうということであ

ろう。しかしながら恐怖という程のことではないが、忠操の前に出ると無意識に萎縮してしまう、とは名文家の山下多恵子氏にしては理解し難い文章である。萎縮してしまうとは恐怖心があるからと考えるほうが妥当に思えるのだが。

「高所恐怖症」の人は高い所には登りたがらない。「忠操恐怖症」の啄木は忠操とは会いたがらない。啄木は忠操と会う機会がありながら忠操と会った記録が見つからない。恐怖心のため萎縮するのを厭がり避けてばかりいた、と考えたほうが理解し易い。さらに付け加えれば啄木は自分が忠操と会いたくなかっただけではない。節子が忠操に会うことも、離縁をちらつかせるなどして理不尽と思われるほど頑なに拒否している。忠操は節子の実父である。節子を節子の実父に会わせたくないとは、「煙ったい」とか「気まずい」のレベルを超えていよう。「後ろめたい」は程度にもよるであろうが、余程強烈であった、と考えるしかない。

山下多恵子氏の「解説」は全体として的を得ているだけでなく、彼女らしく心情に溢れた優れた内容となっているが、この部分だけは「ん？」と腑に落ちない。

なお啄木の「忠操恐怖症」は「不愉快な事件」の「節子郁雨不倫論者」にとっては素直に認め難い論考であることは了解できる。何故なら啄木の「忠操恐怖症」は「節子郁雨不倫論」を否定するキーワードであり、それを認めてしまえば「節子郁雨不倫論」は崩れてしまうからである。逆に「節子郁雨不倫論」に疑問を感ずる人や反対論者には素直に受け入れることができる論考であろう。

以下に私の論考が何故啄木の「忠操恐怖症」に行きついたかの経緯を述べていこう。

一　京子誕生における不可解

私が啄木のことで「何かちょっと変！」と最初に感じたのは京子誕生の時の啄木の言動である。啄木は長女・京子が生まれたことで大喜びして日記に書き遺している。

明治四十年啄木日記

一月一日

遂に丁未の歳は来たりぬ。人一人の父と呼ばるる身となりて初めての新年、我が二十二歳の第一日は乃ち今日なり。

父一禎、五十八歳。母かつ子、六十一歳。妻せつ子、二十二歳。妹みつ子、二十歳。子京子、生後四日。

……………

話題は多く生れし子の上にありき。老ひたる母の我を誡めて云はるるやう、父となりてはそれだけの心得なくて叶はぬものぞ、今迄の様に暢気では済むまじ、と。然るか、然るか、あゝそれ実に然るか！

今日の予は、唯、まだ見ぬ乍ら我が児何ものよりも可愛しと思ふの情切に、又、願くは其児美しかれと念じ、父にや似けむ、母にや似たるべきなど想ひ、自らの胸に溢るる喜悦を移して、若き母の心をも推し測り、此後の我家が一層楽しくなるべしなど思ふに過ぎず。父たる者の心得の如何なるものなるかは、我の未だ知らざる所。――父となりて僅かに四日、未だその児の顔をも見ざるなれば、知り得ん筈もなし。唯、予は、予も亦人におとらぬ善き父たるを得可しと自ら信ずるの理由あり。そは他なし。予は予の妻を愛する事甚だ深く、且つ、まだ見ぬ乍らも我が児を愛する事恁くも強ければ也。

一月五日
この日、京子の出生届を村役場に出す。元日午前六時出生の事に。

一月八日
産褥にあるせつ子より葉書きぬ。

三月五日
午后四時、せつ子と京ちゃんとは、母者人に伴はれて盛岡から帰つて来た。妻の顔を見ぬこと百余日、京子生れて六十余日。今初めて我児を抱いた此身の心はどうであらうか。二十二歳の春三月五日、父上が家出された其日に、予は生れて初めて、父の心というものを知つた。

この日早朝、父・一禎は家出をしている。食い扶持を減らすため収入のない一禎は初孫を見ることもなく、新たに増える初孫の食い扶持確保のために身を退いた。啄木日記の「父の心を知った。」とはこのことを意味している。

この可愛さつたらない。皆はお父さんに似て居るといふ。美事に肥つた、クリ〱シタ其さま。喰ひつきたい程可愛いとは此事であらう。抱いて見ると案外軽い。そして怖れといふものを知らぬげに、よく笑つた。きけば二十三日の前から既に笑ふ様になつたのだと。夜、京子はよく笑つた、若いお父さんと若いお母さんに、かたみに（かわるがわる）抱かれ乍ら。——

ところで啄木は京子の誕生をこんなに喜んでいるのだが、私が不思議に思うのは何故か啄木は京子に会いに盛岡に行かないのである。渋民村と盛岡ではそれほど遠距離ではない。出産予定日ではなくとも、その後でも盛岡まで京子に会いに行くことは可能であったと思われるのだが会いに行っていない。京子の誕生は明治三十九年十二月二十九日である。代用教員の仕事は年末年始の休み中と推測される。この時期に会いに行こうと思えば行けないことはない。啄木は半年ばかり前の六月に農繁期休暇を利用して上京している。冬休み期間中に盛岡まで行けないこともないであろうに。しかしこの時期に盛岡まで京子には会いに行かない啄木なのである。啄木は京子誕生後六十七日目、節子が京子を連れて帰るまでひたすら待つだけなのである。

京子に会いに行かない、あるいは行けないことと、京子誕生の啄木の歓喜の辻褄が合わない。私はこのことになかなか合点が行かなかったのだが、啄木の「忠操恐怖症」という仮説を当てはめて論考してようやく合点が行った。

節子は盛岡の実家に帰って京子を出産するのだが、啄木が京子に会いに行けば、京子や節子と会うばかりでなく、節子の両親、特に節子の父親・忠操と会わない訳には行かない。啄木は何が何でも忠操には会いたくなかったのであろう。そのため啄木は京子に会いに行くことをせず、ひたすら節子が京子を連れて帰ってくるのを待つしかなかった。

啄木は「忠操が恐くて会いに行けなかった」と考えると辻褄が合う。このように啄木の「忠操恐怖症」という仮説で論考を進めて行くと、その根拠となる事象に幾つも行きつく。

ところで高校時代の幾何学で習った問題で、そのままの図形では難解であるが、補助線としての直線を一本加えるとスルスルと解答できることがある。これまで良く理解されて来なかった「啄木の不愉快な事件」も啄木の「忠操恐怖症」という補助線を加えて論考すればスルスルと理解されてくる。森義真氏は「補助線」という言葉でなく「キーワード」という言葉を使っている。

以下、啄木の「忠操恐怖症」について論考を展開して行く。

二　忠操の人格

忠操に啄木の代用教員の就職を依頼されて世話をした当時の岩手郡視学であった平野喜平は忠操について次のように述べている。

> 彼は第二師団の教導団の出身で、秋田第十七連隊付の軍曹であった。身体のがっしりした、容貌魁偉ともいうべき立派な軍人で、連隊にいたときは鬼軍曹と呼ばれて兵士たちから恐れられていたということである。(「啄木を採用したころ」岩城之徳編『回想の石川啄木』八木書店)

教導団とは当時の陸軍の下士官を養成するところである。下士官とは最も下級の兵隊を直接統括する幹部、軍隊幹部の中では最下級の幹部ということになる。徴兵されてきた素人上がりの兵隊を直接的に指導教育する。素人を相手に、人を殺せる軍人に叩き上げるのだからきびしく厳格でないと、やっていられない。「容貌魁偉」というから顔付きも怖い顔をしていたのかも知れない。

忠操が軍曹として連隊にいた時は鬼軍曹と言われていた。一番下っぱの兵隊が直接統括されるのは軍曹からである。軍隊の役職、大将や、大佐、大尉、などには「鬼」をつけて呼ばれることはない。鬼大将、鬼大佐、鬼大尉とは言われない。最も下っ端の兵隊から見て直接的に接することがないので恐く感ずることもない。しかし軍曹は直接的に接するので恐さも一入となる。鬼がつけられ鬼軍曹となる。

しかし啄木が忠操を恐がったのは鬼軍曹だったからだけではない。

忠操の性格は厳格の他に、律儀で義理堅く、勤勉、生真面目、几帳面、を地で行くところがある。また娘たちには一旦嫁いだからには嫁ぎ先の家に尽くすべきで、離婚は許さないと厳しく教育していたようである。一見すると古風で封建的な印象が強い。

しかし保守的なだけでなく、明治の時代に娘の節子にバイオリンを習わせるなどハイカラなところもある。また啄木没後、節子・京子・房江親子を函館に引き取り、さらに節子没後には京子房江をも自宅に引き取って養育している、慈父の一面も持ち合わせている。

その京子の縁談について、啄木が没後でいないので、石川家の当主と見做して啄木の父・一禎に許可を得るために長い鄭重な手紙を書いているなど律儀な面も強い。

律儀で義理堅く、勤勉で生真面目な性格の忠操に対して、直ぐに不満を感じ自己中心的に行動化してしまう啄木から見ると、忠操はあまりにも苦手な存在であろう。苦手を通り超して恐い存在である。

先ず忠操の大反対を押し切ってむりやり結婚した啄木にとっては、結婚を反対されたということだけでも恐い。

それでも結婚当初には忠操から一〇〇円借りている。貸してくれるという慈悲を感ずることもあろうが、借りているのに返していない、という倍返しの恐さが発生する。また忠操の世話でようやくありつけた渋民尋常小学校の代用教員の職も子供たちに無謀なストライキをけしかけて職を放り投げてしまった啄木である。啄木が忠操に顔を合わせることができない理由は幾つも重なってしまう。

啄木が忠操を恐れていた要素をたくさん見つけることができるのだが、それらのことよりも何よりも、啄木にとって忠操が最も怖かったのは、忠操は啄木から節子を取り上げてしまうことができる唯一人の人物だったからである。そんなことができるのは忠操以外にはいない。忠操は一度嫁いだ娘を離縁させて家に連れ戻す、などということは絶対にしない性格の人物である。しかし啄木が大成するまで一時預からせてもらう、などと言い出し兼ねない。だから忠操が一番怖い。啄木は死ぬまで、否、死んでからでも忠操が恐かった。忠操から「節子を幸せにしているか？　どうなんだ！」と詰問されると啄木はまったく自信喪失で会わせる顔がないのである。

三　啄木の結婚

啄木は節子と結婚したい気持ちがつのって来る。節子もその気になっている。

ところが啄木の母親・カツはこの結婚に大反対である。啄木の母・カツは結婚前でありながら節子が宝徳寺に泊まり込んで行くなど節子の行動力に圧倒されてしまう。節子が啄木の嫁として石川家に入り込んで来れば自分の立場は脆弱なものとなることは必定であることをカツは予感したであろう。実際にもその予感は的中している。

啄木の父・一禎は節子に対しての感情や思いを残してはいない。なり行きに任せるしかないというところであろうか。

一方、節子の父親・堀合忠操は、啄木の言葉や文章の能力はともかく、実際の生活者としての啄木の実態を見知っており、自分の長女を啄木に嫁がせることに強い不安を抱いていた。そのため我が娘・節子と啄木の結婚には大反対であった。節子が家を出て啄木に会いに行くことを阻止するために、また啄木が節子に会いにくることを阻止するために、忠操は節子をある時期自宅に軟禁状態にするまでとなる。

しかし啄木はともかく我が子・節子は啄木と結婚する意志を曲げない。「愛の永遠を信じたく候」という信念を貫き通す。

最終的には、節子と啄木を一緒にさせなければ二人は世をはかなんで心中するかも知れない、という事態になり、忠操の姉・高橋のしや啄木の姉・田村サダの取りなしなどもあってカツも忠操も啄木と節子の結婚を仕方なく渋々認める経過となる。

・君よ君君を殺して我死なむかく我がいひし日もありしかな
（明治四十一年歌稿ノート「暇ナ時」六月二十三日夜十二時より暁まで）

つまり啄木と節子の結婚は、家族親戚一同から全員で祝福されての結婚ではない。とりわけ啄木にとっては我が母・カツの反対は何とか取りなし得たとしても、節子の父・堀合忠操の存在が大きいのである。

啄木が結婚式に欠席した謎の理由もいろいろ説があるが、「忠操恐怖症」が絡んでのことと思われる。その後の啄木節子の新婚生活は、忠操の住む節子の実家の直ぐ近所で始まったが、三週間で遠く離れた場所に転居している。そのことも「忠操恐怖症」が要因と考えられる。

結婚以後も啄木は忠操に対しては「節子と結婚し節子を幸せにしている。」ということを示さなければならない。それができなければ忠操に会わす顔はない。そして啄木は「節子を幸せにしている。」という自信はまったくないのである。主観的にはともかく客観的事実として「啄木は節子と結婚して節子を幸せにしている」と親戚や友人たちに認めさせることはできない啄木なのである。

四　函館の親戚

啄木は、石をもって故郷を追われるようにして函館にやってきた。函館で文学仲間の苜蓿社メンバーたちと親交を深め、多くの友人を得る。函館の友人たちは啄木の住居の世話、仕事の世話、など至れり尽くせりの世話をしている。函館の友人たちの代表が宮崎郁雨ということができる。

そのため函館は啄木にとってはこれ以上にないほど居心地のいいところとなる。啄木は郁雨宛の手紙で「死ぬなら函館で死にたい」という程なのである。

啄木が函館を去ったのは、渋民村を「石をもって追われた」ような内容ではない。函館大火という未曽有の大災害のためであって、人間関係がおかしくなって函館にいられなくなったのではない。函館で知り合った人たちはみんな啄木に良くしてくれた。

ところが啄木にとって函館の人々のすべてが良かった訳ではない。実は函館には妻・節子の親戚筋に当たる人、つまり節子の父・堀合忠操の親戚もいたのである。函館にやってきたのだから啄木一家は常識的に考えれば節子の実家と縁戚の人々との交流があっても良さそうであるが、それを示す資料はまったく見当たらない。

函館には忠操の姉・なか子が、啄木が居住していた青柳町の隣町の谷地頭町の一方井家に嫁いでいたし、忠操の叔父・村上裕兵一家が青柳町の苜蓿社のすぐ近くに居住していた。しかしながら啄木は忠操と縁戚の関係である人々とは交流を持たず、意識的に避けてきている。

なお函館には啄木関係の親戚はまったく見当たらない。啄木にとって函館はまったく見知らぬ他人ばかりの地である。それにもかかわらず忠操の親戚筋と交流しようとしない、ということは忠操の親戚筋を通して啄木の情報が忠操に伝わることを恐れていたからであろう。

啄木は妻子と母を函館に残して単身上京するのだが、常識的には節子の親戚筋の世話になってもおかしくないし、あるいは盛岡の節子の実家に預けて上京することも可能であろう。しかし啄木は郁雨の協力に甘えて、それを避けている。忠操や忠操の親戚筋とは関わりを持ちたくない啄木である。

ここにも啄木の「忠操恐怖症」の影を見ることができる。

なお村上裕兵は、フキの郁雨家への輿入れの時に盛岡のフキの実家にフキを迎えに行くのだが、その時実家に家出して来ていた節子と出逢う。函館に帰って裕兵は郁雨に「節子のやつ変な顔をしていたぞ。あのまま置くと死んでしまうぞ」と報告する。その後郁雨は節子から「自分の病気が悪い」と言って来た手紙の返事に、裕兵の言ってきた言葉が耳に残っていたので「病気がよくなければ、一日も早く実家の堀合へ帰って静養するのが一番だ、」と言う内容の返事を書く。この手紙が「不愉快な事件」の原因となる。

不愉快な事件発生には忠操の親戚の裕兵も一役買っており、啄木が函館で忠操の親戚筋との交流を持ちたくなかった気持ちも了解できない訳ではない。

五　節子の家出事件

節子は長い間函館で啄木からのお呼びがくるのを、首を長くして待っていた。そしてとうとう一九〇九年（明治四十二年）六月十六日、長かった別居生活を終えて、節子は我が子・京子と姑・カツと共に東京での啄木との同居生活が始まる。

ところが同年十月二日、節子は娘・京子を連れて家出を敢行して盛岡の実家に帰ってしまう。これに啄木は仰天してしまう。これまでは啄木のほうが、節子や娘・京子、さらには母・カツまで残して独りで、函館に行ったり、札幌、小樽、釧路、そして東京と単身で転々としている。節子はその度に啄木からお呼びが来るのを今か今かと待たされ続けていた。今度は啄木とカツが節子に捨てられた格好になった。

この時の節子の家出については一般的には「上京後の生活や姑との軋轢、病苦に耐えかねて」と説明されている。

啄木の母・カツは典型的な姑らしい姑で嫁いびりも一入であったらしい。啄木が東京でいくら小説を書いても売れないため経済的に成り立たず、家族を呼ぶ目処が立たない。函館で何時までも経済的に郁雨の世話になっていることに心苦しい節子は、函館市立宝尋常高等小学校で代用教員として働きだす。長期戦の構えである。そんな健気な節子に対してカツは節子の行為は「東京行きを遅らせることになる。」という嫌味を言う、そんな姑なのである。

家出事件の節子の置き手紙には「お母さんに孝行して下さい」と書いてあった。

しかし姑・カツと嫁・節子の軋轢はいろいろあったであろうことは推測できるが、最後には節子は衰弱した母のシモの世話まで行い、亡くなった時には啄木も衰弱していたためカツの湯潅（納棺前に身体を清拭すること）は節子一人で行っている。節子は最終的には嫁としての務めはきちんと行っている。

節子の家出事件の原因は、節子は「嫁と姑の軋轢」を利用して、妹・フキと郁雨の結婚準備の手伝いに盛岡の実家に行ったに過ぎない、とも考えられる。このような理由で啄木に盛岡行きを頼んでも啄木が了解しないことを見抜いての強行手段である。節子にしてみればフキの輿入れが終われば帰っていいし、実際の経過はそのようになっている。

節子はこのように考えてのことだが、節子の家出事件が啄木やカツに与えた影響は甚大である。カツは節子が家出したのはカツのせいだと啄木に責められ、嫁姑の力関係は逆転する。啄木も今迄の自分のあまりの自分中心的考え方を変革せざるを得なくなる。事態は節子が描いた通りに展開する。

ところで節子が家出をして盛岡の実家に行ったことは明らかなのに、啄木は迎えに行けない。迎えに行けば忠操からシコタマ叱られることは明らかで、それは避けたい啄木である。この事態に啄木が節子や忠操に手紙を書いたのかどうか、書いたとしたらどんな内容の手紙を書いたのか、その資料があるのかどうか、私にはわからない。

わかっているのは、啄木は盛岡まで節子を迎えに行っていないこと。友人の金田一京助と盛岡の恩師・新渡戸仙岳に手紙をかいて、節子に帰ってくるよう説得して欲しい、と懇願し、二人ともそれに応えていることである。

啄木は忠操がからんでくるとしり込みするしかない。自分では何もできない。誰かにすがるしかないのである。

節子が家出から自宅に帰ってからのエピソードがある。節子の実家は盛岡の新山堂というところにある。節子が新山堂に手紙を書くと啄木は不機嫌になる。啄木は妻を介して自分のあり様が忠操に知られることが恐かったのであろう。

六　堀合家の引っ越し騒動

明治四十四年（一九一一年）六月、節子の実家・堀合家はずっと盛岡にあったのだが、忠操が函館の新しい職場に就職することになり、函館への引っ越しとなる。この時節子は、妹・フキの輿入れのときと同じように実家に引っ越しの手伝いに行きたくなる。盛岡に実家がなくなれば盛岡に行くこともあまりなくなるであろう。盛岡の親戚や友人たちと会っておきたい節子である。同時に家屋を売り払った金子の一部を幾らかでも自分にも分けてもらえないか、という思惑もある。東京での啄木一家は結核のため大家から追い立てをくらっており、引っ越し費用も必要だったのである。

引っ越し直前の盛岡の実家から、節子の妹たちからの手紙が届く。忠操はそのころ実家におらず函館での新しい仕事のことや住居を設定するのに多忙であったらしい。

啄木は、節子の妹たちが節子に盛岡に来て欲しいという手紙に激怒する。啄木は堀合家とは義絶するとまで言い出す。堀合家からの手紙は受け取らないから手紙など寄こしてくれるな、ということである。これに対して節子は啄木の激怒に反応して「気狂いしそうだ」となる。

・ひとところ、畳《たたみ》を見《み》つめてありし間《ま》の
　その思《おも》ひを、
妻《つま》よ、語《かた》れといふか。（『悲しき玩具』164）

何が何でも啄木は節子を節子の実家には行かせたくない。その事を口に出して話すことはできない啄木。口に出して言わなくとも妻・節子にはわかってもらいたい啄木。啄木は譬えどんな理由があったとしても節子を実家にはやりたくない。節子の家出事件に啄木が如何に懲り懲りしていたか、ということが理解できる。

ここにも啄木の「忠操恐怖症」の根深さが理解される。

別の資料では、啄木が初めての長編小説「鳥影」が新聞に連載になった時、その喜びを節子の母・トキや節子の妹・いく宛てには書簡を出して知らせている。しかしながら、同じ節子の実家にいる堀合家の当主であり節子の父・忠操宛てには書いていない。忠操から何か反応が返ってくることが恐かったからであろう。

七　不愉快な事件

啄木は郁雨から節子への手紙を読んで激怒してしまう。啄木にとって郁雨は金田一京助と並んで親友中の親友であり義兄弟でもある。普通の感覚からすれば常軌を逸するほどの経済的支援も受けてきた。また手紙の遣り取りも最も多い。

骨肉憎悪という言葉がある。肉親は強い愛情で結ばれているが、愛情が裏切られた時、他人なら許されることでも肉親であるが故に許せなくなる。犯罪の中の傷害事件はまったく無関係の人に対するよりも、骨肉間で愛情を裏切られた時の憤怒に起因するものが多い。

啄木は最も親しかった義兄弟でもある郁雨からの節子への手紙の何に激怒したか、が問題である。

啄木の妹・光子は、その手紙で郁雨と節子の不倫が明らかになったからだ、という。しかし本書の全体を読んで貰えればご理解いただけると思うが、郁雨節子不倫論はあまりにも不自然であり得ない。「郁雨節子不倫論」は郁雨と節子、それに啄木の名誉をも深く傷付け貶める内容で、到底認めることはできない。

啄木が郁雨からの節子への手紙の内容で激怒したのは、節子が自分の病状が悪いことを郁雨に伝えた手紙に対して郁雨が「病気がよくなければ、一日も早く実家の堀合に帰って静養するのが一番だ」と、節子に対して実家に帰ることを唆したことにある。啄木は郁雨のこの内容に激怒する。

郁雨は善意で節子にこのようなことを書いて寄こしたかも知れないが、実際の啄木の生活の状況は、節子に出て行かれたら、自分と母の病人ばかりとなり壊滅状態となるのである。以前に節子に家出された事態よりも、もっと酷い事態になる。

郁雨とのこれまでの関係をこのまま続けていれば、またいつか同じことを言ってくるかも知れない。そのため啄木と郁雨の共通する友人・丸谷喜市のすすめに従って郁雨と義絶することにした。

節子も「実家には行かない」と言ってくれたので、三日で元のように仲の良い夫婦に戻ることができた。郁雨と節子の不倫を知っての激怒であれば三日で収まる訳がない。

もっとも啄木はカッとなってしまって郁雨と義絶したものの、すぐに仲直りをしたくなったようで、郁雨との友情や経済的支援のありがたみを思い起こす。啄木は正式に仲直りする前に亡くなるが、次の歌を遺す。

・買《か》ひおきし
　薬《くすり》つきたる朝《あさ》に来《き》し
　友《とも》のなさけの為替《かはせ》のかなしさ。（『悲しき玩具』187）

郁雨はこの歌は啄木から郁雨への仲直りのサインと理解し、遺族の世話や啄木没後の啄木文学の普及、墓の建立、など啄木への友情に精魂を傾けることになる。特に節子の臨終に立ち会う数少ない人物の一人であり、節子の臨終の様子を書き遺したただ一人の人物となる。

不愉快な事件もその発生要因をたどれば啄木の「忠操恐怖症」から発生したものと考えることができる。このように論考すれば、無理、不自然、こじつけ、などは不要で自然な論考となる。

八　啄木の終焉

啄木は自分の死期を覚悟し、節子に対して自分が死んでも実家には帰らないで欲しいと懇願する。節子も啄木に対して実家には行かない、と約束をする。

節子は啄木没後実家に頼らずに次女・房江を出産する。また金策のため啄木の作品を売り込むことを土岐哀果に頼んだりしている。

啄木と節子は忠操の大反対を押し切ってむりやり結婚している。啄木が名を上げずに死ぬということは、啄木が死んでからでも節子が実家に帰れば忠操からは「あんなに反対したのに啄木なんかと結婚するからこういうことになるんだ！」と言われるに決まっている。啄木が功なり名を遂げて経済的にも安定を確保しているならまだしも、そうでなければ啄木は死んでも節子を忠操の元には返したくない。

また節子もそれは同じ思いであろう。親の大反対を押し切って結婚して、夫が芽を出さないうちに亡くなったからと言ってオメオメと実家に帰るのでは、親の大反対を押し切って結婚した節子の意地も面目もなり立たない。

節子が家出をした時や、啄木の反対で実行されなかった節子の実家の函館転居に伴って盛岡に行きたくなった事についてはまた別の次元である。啄木生前の時は節子にしてみれば一時的に実家に帰ってもまた啄木の元に帰れば良いことである。しかし啄木没後では一時的里帰りとは異なる。一旦実家に帰ってしまえばそこから出て行くところのない節子なのである。

忠操も節子には、啄木没後には「実家に帰ってくるな！」と言っていたらしい。忠操の立場からすれば、身重で未亡人となった我が娘が哀れでいとおしくてならないであろう。しかし、一旦石川家に嫁いだからには、遺族の面倒を見るのはまず石川家であろうという考えであろう。最初っから忠操がシャシャリ出るところではない。

忠操は後に成人した啄木の遺児・京子の縁談の了解を得るために、石川家の当主と位置付けて啄木の父・一禎に過分な程鄭重な長文の手紙を書いている。忠操は家を大事に考える人なのである。

節子は次女・房江を出産後収入もなく、このままでは母子共に飢え死にするしかない状況となり、仕方なしに函館の実家を頼ることとなる。また忠操は石川家に遺族の面倒を見る力量が備わっていないことを見極めて、節子親子を受け入れることとなる。

啄木は死ぬ間際まで「忠操恐怖症」であった。そして啄木は自分の死没後に遺族が暮らせる基盤を残して置かなかったので、節子が啄木の意に反して実家に帰ることは仕方がなかった。

後に『啄木全集』が売れに売れて巨額の印税が節子の没後に忠操に送られて来るが、その前に節子に送られて来れば、節子は実家に帰らなくても良かったし、帰ったとしても父・忠操に対して「自分と啄木の結婚は間違っていなかった」と堂々と主張して帰ることができたであろう。それを見ることができなかった節子は哀れではあるが、そのようになると啄木の才能を信じ切っていたとすれば、節子は幸せであったかも知れない。

また、啄木が亡くなる前に巨額の印税を得ることができたなら、啄木の「忠操恐怖症」は初めて快癒に向かったことであろう。しかしながら、現実にはそうなる前に啄木は死没してしまったのである。

第七章　郁雨の歌

序論

啄木の「不愉快な事件」の疑問は筆者が主張するキーワード、啄木の「忠操恐怖症」でほとんど解明することができる。最後の論考は、郁雨が節子を詠んだと思われる歌についての解釈が残っている。他の人がゴチャゴチャ何を述べていたとしても、郁雨本人が書いたり言ったり詠んだりしていることは最も重視するべきであろう。そこから郁雨の真の心情を推し量ることが最も重要であろう。

郁雨が節子を詠んだ歌を私なりに解釈してみる。これらがいつ詠まれたのかなどの詳細な資料が私の手元にないので、私の理解も精密さに欠けて妥当な内容でないかも知れないことをお断りしておく。妥当であるか否かについては読者の判断に委ねるしかない。

一　堀合了輔著『啄木の妻　節子』（洋々社　昭和五十年十月）から

節子の弟・堀合了輔が自分の姉であり啄木の妻である節子についての書を発刊しているが、

その末尾に参考資料として郁雨が節子を詠んだと思われる短歌を紹介している。それを検討してみよう。

・かくばかりまめなる人の居にけりと
　心ひかれき人妻君に（堀合了輔『啄木の妻　節子』二七一頁）

こんなに勤勉で細やかで誠実な女性がいたとは！　魅力的だが君は残念ながら自分の妻にすることはできない啄木の妻だ。

郁雨等苜蓿社の仲間たちは、節子と実際に出会う前に、啄木から小説にでもしたいような啄木と節子の波乱万丈の恋愛談を聞かされている。失恋ばかり繰り返していた郁雨はそれに圧倒されていた。しかし実際の節子に会ったところ、恋愛を邪魔するものとの闘いに勝利した、予想していた華やかな節子ではなくて、子供を背負い鬢のほつれも痛々しい、些か生活に疲れたような節子の姿であった。今風に言えばセックスアピールは感じなかったようである。

しかしそのうちに啄木にとことん尽くし抜く節子の姿勢に感動を覚え、節子のように自分に尽くしてくれる女性を求めるようになる。いわば節子は郁雨にとって理想の女性となって行くのである。

・君思へば心わりなし啄木が
　智恵子を恋ひしわりなさよりも　（前同　二七一頁）

自分の節子に対する想いは、啄木が智恵子を恋する以上に大きく清純なものであるが、プラトニックなもので、現実の恋にはならない。

・われ悔いずかのよき妻を侮したる
　友を憎みし直路心（前同　二七二頁）

郁雨は啄木の次の歌について啄木を批判している。

・人《ひと》ひとり得《う》るに過《す》ぎざる事《こと》をもて
　大願《たいぐわん》とせし
　若《わか》きあやまち　（「秋風のこころよさに」『一握の砂』284）

郁雨から見れば、啄木と節子との恋は決して「若きあやまち」ではない。この歌では啄木は節子を侮辱している。これでは真面目に真剣に考えれば啄木を憎らしくなる。自分はこのように真面目に真剣に考えたことを後悔はしない。

因みに、この歌の解釈は郁雨の解釈以外にもいろいろとありそうである。

・夫として啄木を信じ兄として
　我を頼みし過誤にあらめや（前同 二七二頁）

節子が、夫として啄木を信じ、兄として自分を頼りにしているなんてことは、何かの間違いではないか？

・わが文を友の怒りて仲たがひ
　したりしことは違ひなけれど（前同 二七二頁）

自分が書いた節子宛の手紙が原因で啄木が怒って仲たがいしたことには違いない。しかし何か複雑な原因がもっとあるのであって、そんなに単純ではない。

・啄木とわがいさかひしことわりを
　子には告げずて逝きしその妻（前同 二七二頁）

啄木と自分が喧嘩別れとなった理由を、二人の子供には何も言わずに節子は逝ってしまった。言い遺してくれたら良かったのにとも思うが、言い遺せない理由もあるのであろう。

・嫂と呼ぶべかりしを姉と呼ぶ
　廻りあわせも天の意とする（前同 二七三頁）

厳密にはあに嫁と呼ぶべきところを、一般的に姉と呼ぶ、これも運命的巡り合わせであろう。年齢的には些かの混乱がある。郁雨は啄木よりも一歳年長であるが、啄木の義弟ということになっている。郁雨の妻・フキの姉・節子が啄木の妻であるから啄木は郁雨の義兄となる。節子は義兄の妻だから兄嫁となる。しかし、節子は妻の姉であるから郁雨からすれば義姉に当たる。しかし実際は郁雨が年長であるから、節子は郁雨のことを「兄さん」と呼んでいた。

・姉とあがめ妹とめでて恋人のごと
　恋へれども君は人妻（前同 二七三頁）

郁雨からすれば、姉として上に見て敬ったり、妹として下に見て可愛く思ったりである。あるいは恋人のように思ったりしても、節子は啄木の妻なのでどうしようもない。

・姉と恋ひ妹と愛づるよろこびを
　いとほしみつつ夢の世に住む（前同　二七三頁）

姉として恋しいと思い、妹として可愛いと思うことを喜びとしている、そんな自分が愛おしいと思っているが、それは現実ではなく夢を見ているようなもの。現実は節子は啄木の妻なのである。

・いやまひて姉とし愛でて妹とし
　睦びし人と今日か別れむ（前同　二七三頁）

「いやまひて」は「うやまいて・敬いて」の意。敬いて姉として、愛でて妹として仲良くなったりしたのだが、今日は別れねばならない日だ。

郁雨は節子を啄木の下に送って行く。その日は節子とその後いつ再会できるかもわからぬ別れの日となるのである。

・姉と恋ふまことも文として書けば

人の憎しみ買ふと世を泣く（前同　二七四頁）

姉として恋しいと思う心情を真面目に手紙に書けば、そのことで啄木から憎まれるとは、泣きたくなる程嘆かわしい。

・この恋を競ふべき日に遅れたる
われと歎かむ君は人妻（前同　二七四頁）

節子に対する恋愛競争に遅れてしまって、嘆かわしいことに節子は啄木の妻になってしまった。啄木よりも早く節子に出会うことができれば良かったのだろうが、そんなことは現実的には考えられないことである。

・葛柏よく食うべける女教師の
束髪なども忘れがたかり（前同　二七四頁）

柏餅をよく食べていた、代用教員となっていた節子の髪型なども忘れることができない。

節子は函館で啄木の呼び出しを待機していたのだが、なかなか実現しそうもないことを予想して長期戦の覚悟である。いつまでも経済的に郁雨の世話になっていることも心苦しい節子は、宝尋常小学校の代用教員として働き出した。その時の節子の面影を追想して歌ったもの。節子はなよなよしたパーソナリティーではない。活力があり、食べる時はモリモリ食べる、その時の健康的で頼もしい逞しい姿が連想される。

・うちつけに思ふと云はば叱られむ
　その人妻とつれだちてゆく（前同　二七四頁）

あからさまに節子を思うなんてことを言えば叱られる。その啄木の妻の節子と連れ立って行く郁雨である。

東京の啄木のもとへ節子たち家族を送って行く時の歌であろう。あるいは小樽で啄木に頼まれて、郁雨と節子は二人で啄木一家の借家探しをしたことがあるが、その時家主から夫婦と間違われたことがあるが、その時を想起した歌かも知れない。

・学校の女教師のつやけなき
　束髪なども秋には悲し（前同　二七五頁）

代用教員をしていた頃の節子が、髪型を見ても日々の生活に疲れて元気そうに見えないのが気になる悲しい秋である。頑張っていた節子だが、疲れも次第に溜まっていたのであろう。

これらの歌は郁雨の節子に対する心情を詠んだ歌である。心情というよりも恋情と言ったほうが妥当な内容であろう。

節子の弟・堀合了輔が『啄木の妻節子』（洋々社）を刊行したのは昭和四十九年（一九七四年）である。啄木の妹・光子が亡くなったのはその六年前であるから、郁雨の歌を知らないままあの世へ旅立っている。もしも光子が生前に郁雨が詠んだこれらの歌を知っていたならば、郁雨と節子の不倫の証拠として多いに利用したであろうことが考えられる。しかしながらその後光子の賛同者・節子郁雨不倫論者がこれらの歌を利用して論陣を張っている形跡が見られない。つまりこれらの歌から郁雨の節子に対するプラトニックな恋情を感ずることができるとしても、それをもって即不倫関係にあった、とする根拠としては薄弱であるとの論考のようである。

また著者の堀合了輔は、これらの歌を公表しても節子郁雨不倫論者に悪用されることはないであろう、との思いであったことも考えられる。

二　山下多恵子著『啄木と郁雨』（未知谷　二〇一〇年九月）から

海峡の中ほどに来て船はやや揺れぬ二人の心のやうに（元は私家版郁雨歌集『鴨跖草《つきくさ》』五頁）
人住まぬ国に行くべき船ならばうれしからむと歎きたまひぬ（同一九頁）

海の風つめたき中にしつかりと握り合ひける手はもつめたし（同一九頁）
わすれずと君まず言ひき言もなくおん手をとりし男の耳に（同五四頁）
比羅夫丸その名おもへば涙出づ君と乗り行きし船なりしゆゑ（以上郁雨）（同五二頁）

津軽海峡の若い二人。引き合う心と心と、それにあらがおうとする心。船の揺れはそのまま心の揺れとなって、彼らを悩ませ惑わせる。

「この船で他の誰もいない（二人だけの）国に行くことができたらいいのに」と女は歎く。返す言葉を持たず、男はただ彼女の手を握る。「今までを、そしてこの時を忘れません」と、女はささやくように言う。そして男もきっと言ったはずなのだ、「忘れない」と。

節子と京子それにカツが、郁雨に伴われて函館を発ったのは明治四十二年六月七日のことである。

彼らが乗った比羅夫丸《ひらふまる》は「黒色の船体に白ペンキ塗りの内部、二本マストに一本煙突」の真新しい船であった。最初の青函連絡船として、前年から航海が始まったばかりであり、旅客定員三百二十八人、函館から青森までを四時間で航行した。

その四時間を、郁雨と節子がどのように過ごしたか。ふたりの心模様を伝える郁雨の歌が多数残っている。先の歌はその一部である。*

＊郁雨と節子の関係については、かなり接近したものであったという見方と、それに反対

する見方がある。筆者が函館で見出した郁雨の歌集（私家版全十冊）に載るこれらの歌は、その疑問への解答ともなるものであろう。

啄木に付いて行って置き去りにされた北海道で、節子は啄木よりもたくさんの月日を暮らした。夫が転々とするたびに、置いて行かれる者のさびしさを、彼女は幾度も味わったであろう。しかし函館ではいつも、郁雨に見守られていると感じただろう。郁雨もまた、自分を「兄さん」と呼んで頼ってくる節子をかばい、助けることに喜びを覚えていたはずである。

二人の間に、確かに交差する思いがあった。船の上で手を握り合い、別れを歎くほどには。このとき二人の間に流れた、別れがたいという感情が、上京後の節子の心持ちや行動に、微妙な影響を与えていくことになる。（山下多恵子『啄木と郁雨』一二六～一二七頁）

山下多恵子氏はこのように述べているのだが、私の所感を述べていこう。

山下多恵子氏が紹介したこれらの歌の題材の多くは、郁雨が啄木の妻子と母を東京に送って行く際に、付き添い人として青函連絡船に乗船して津軽海峡を渡っている時の情景と思われる歌である。しかしいつ詠んだのか、詠んだ時期まではわからない。私の推測では、節子没後に節子を偲んで詠んだ歌であろう、と推測している。亡くなった人は現存の人よりも聖人として美麗化しやすい。

なお、郁雨が連絡船で啄木の家族を送って行く頃の郁雨は、啄木の妹・光子との結婚を考えていた。一度啄木に断わられていたのだが、東京に着いたら再度啄木に妹の光子を嫁にくれないか、と申し込むつもりでいた。

しかし啄木からはそれは再び強く断られる。そして同じ妹でも啄木の妻・節子の妹のフキとの結婚を薦められる、という経過がある。この時の連絡船上ではまだ光子との結婚を夢見ていた時期である。しかし、郁雨が節子に対してプラトニックな情愛を感じていたことがあったであろうことは、郁雨の歌からは否定できない。

・海峡の中ほどに来て船はやや揺れぬ二人のこころのやうに

津軽海峡の真ん中は海流の流れが速い。大きな連絡船でもかなり揺れることがある。二人の心が揺れるように船も揺れる。

実はこの時の啄木の家族の東京行きは節子が望んだものではない。啄木が望んだものでもない。節子は函館で啄木からの呼び出しを待つのにいつまでも郁雨の世話になっていることも心苦しいので、宝小学校の代用教員として働き出していた。節子は長期戦の覚悟でその構えをとっていた。ところがこの状況を無視して何が何でも啄木のところへ行くという啄木の母・カツの勢いに負けてしまっての上京なのである。啄木の呼び出しがないのに無理に東京に向かう節子の心情では、啄木の下に帰れる喜びよりも不安のほうが大きかったであろう。

郁雨は節子へのプラトニックな愛を感じながらも、現実には啄木の妹・光子と結婚しようと考えている。一度啄木に断られているので、今度もまた断られるかもしれないという不安を抱えているのである。

郁雨と節子の間の心情だけが揺れていた訳ではない。

・人住まぬ国に行くべき船ならばうれしからむと歎きたまひぬ

乗っている連絡船が青森に行く（東京に行くための）船でなく、人の住まない国に行く船だったらうれしいのに、現実はそうでないのが悲しい。

節子には、東京についても啄木の気持に余裕がないことは分かっている。カツはますます姑としての立場を強くしてくるであろうことも予想がつく。面倒なことが待っている東京よりも人の住まない国に行ったほうがどんなにさっぱりすることか！　節子の心情を慮っての歌であろう。人住まぬ国とは非現実的空想的産物である。観念の世界に逃避するための歌である。

・海の風つめたき中にしつかりと握り合ひける手はもつめたし

六月とはいえ津軽海峡の風は冷たい。暖めあおうとした手も冷たくなっていた。冷風の中で思わず手を握り合い暖めあった郁雨と節子である。私の所感では手を出したのは節子からである。節子は大胆で行動的なところがある。郁雨は気が小さくて自分から手を出すなんてまったくできない性格である。郁雨に女性に対する行動化ということで、もっと大胆さがあれば郁雨の人生はまた変わったものになったであろうと思われる。

・わすれずと君まず言ひき言もなくおん手をとりし男の耳に

節子が郁雨に「あなたのことは忘れないわ」とでも言ったようであるが、海風のため良く聞こえない。それで耳元にまで手をとって言った。

節子と郁雨にとって最も忘れることのできない行為は、ジフテリアに罹患して死にかかった啄木と節子の子供・京子の看病であろう。父親の啄木がその場にいない状況で、郁雨はまさに父親代わりになって必死に看病をしたおかげで京子は命拾いをしたのである。

郁雨にしてみれば、啄木に対して「家族のことは私に任せて君は東京でとことん文学に打ち込んだら好いだろう」と言って送り出している。函館で京子を死なせては啄木に会わす顔がない郁雨である。節子は当然であるが、郁雨も不眠不休で京子の看病に取り組まざるを得なかった。節子はその時の御礼を郁雨に伝えたかったのかも知れない。

・比羅夫丸その名おもへば涙出づ君と乗り行きし船なりしゆえ

家族を送って行く時に乗った連絡船の名が比羅夫丸だったので、その名を思っただけで涙が出て来る。

恐らく節子が亡くなった後になって節子を偲んでの追想歌と思われる。

なお、山下多恵子氏は歌の紹介だけでその一つ一つの解釈は読者に任せている。山下多恵子氏が前述の書籍で活字化して紹介した以外にも、二〇一一年十二月二十三日に行われた国際啄木学会盛岡支部例会研究報告で関連する郁雨の歌を多数紹介している。解釈は読者にお任せすることにする。

・年わかき水夫は君とわがために語りつづけき海の話を（元は私家版郁雨歌集『鴨跖草《つきくさ》』一八頁）
・その恋と君をのせける船はなほ津軽の瀬戸を往来すれども
・あはれこいし津軽の海のかなたにてわかれ来し人のただに恋しも（同五一頁）
・船は日に再度来る君のせて何時の日かまた船来るならむ（同五一頁）
・あなこひし文も書かずてすぐせどもわがこのこころ君をはなれず（同五二頁）
・この日頃あひ見ぬひまに老いにたる君かと思ひわれも老いゆく（同五二頁）
・写真など出しては見つれいささかも心なぐさまずいかにするべき（同五二頁）

・目の前に君の顔見ゆうなだれし君の顔見ゆ声たてて泣く（同五三頁）
・かの時に死なむと言はば君何と答えしけむと泣きつつ思ふ（同五三頁）
・今一度あひ見ぬかぎりいかでいかで恋死せむやとおもひつめにき（同五三頁）
・じっとして雨のふる日をおもひゐぬ君と相見し雨のふる日を（同五三頁）
・おもしろき海の話を船にゐて共に聞きける君は帰らず（同五三頁）
・船は今ゆめの港にまっしぐら馳るとおもひ二人ゐしかな（同五四頁）
・泣くべきかよろこぶべきかこの恋のあまりに深しあまりに短し（同五四頁）
・末若き二人をのせて海峡をはしる船よし恋ものせゆく（同五五頁）
・おそれつつそっと握るとき君の手の力ありしにおどろきしかも（同五五頁）

三　郁雨の歌をどう理解するか

ここで若干の年譜を記載しておく。

昭和三十七年（一九六二年）三月二九日　宮崎郁雨永眠
昭和三十九年（一九六四年）十月　三浦光子『兄啄木の思い出』（理論社）
昭和四十三年（一九六八年）四月十九日　石川正雄永眠
昭和四十三年（一九六八年）十月二十一日　三浦光子永眠

昭和四十九年（一九七四年）五月　堀合了輔『啄木の妻節子』（洋々社）
昭和六十一年（一九八六年）六月　井上ひさし『泣き虫なまいき石川啄木』（新潮社）
平成二十二年（二〇一〇年）九月　山下多恵子『啄木と郁雨　友の恋歌　矢ぐるまの花』（未知谷）

郁雨は光子よりも早く亡くなっているが、これらの歌が郁雨の生前に公表されたものとは思われない。また光子が生前に公表されたものとも思われない。内容は郁雨の節子に対する（恋情）を推測させる、あるいはもっと強く言えば郁雨と節子の不倫を推測させると思われる内容なのに、光子がこれらの歌を利用して、郁雨と節子の不倫を論じようとする様子はまったく見受けられない。つまり光子は郁雨が詠んだこれらの歌を知らずに亡くなったもののようである。あるいは生前に刊行されたとしても私家版として極限られた小数の部数しか発行されず、公けにならなかったことも考えられる。そのため光子だけでなく多くの読者や研究者にも知られていなかったことが考えられる。

しかし堀合了輔著『啄木の妻節子』は昭和四十九年刊行なのに、堀合了輔が紹介した郁雨の歌は、郁雨と節子の不倫を肯定する論者、たとえば井上ひさしの『泣き虫生意気・石川啄木』などでも利用されていない。

平成に入り、山下多恵子氏は堀合了輔が紹介した歌とは別に、郁雨没後に編集された私家版郁雨歌集全十冊に再び光を当て、紹介している。この私家版郁雨歌集は各十五部しかなく、各冊子ごとに『椿落つ』『鴨跖草《つきくさ》』『清虚集』『酔生夢死』『自画像』『煙のごとく』『蕗の薹《ふきのとう》』『心の姿の記録』『棕梠《しゅろ》の苗木《なえぎ》』『厚誼の下陰』のタイトルがつけられている。

この私家版郁雨歌集について、阿部たつをは次のように書いている。

宮崎さんがお亡くなりになってからは、一周忌を期して「郁雨歌集」刊行の計画をしましたが、これも印刷費は御遺族が御負担になりましたので、図書裡会は選歌編集などの雑務をお手伝しただけであります。その「郁雨歌集」には宮崎さんの遺作四千余首のうち、一五％ほどしか収めませんでしたので、この他に全歌集を作ろう、ということになり、昭和三十八年二月から四十一年八月までの間に一〇冊に作りあげました。これは図書裡会員十四人と函館図書館に納める分と合計十五部ずつしか作りません。まことに稀覯本であり貴重本であります。（『新編　啄木と郁雨』洋洋社　昭和五十二年五月　二三六頁）

図書裡とは岡田建蔵の号。図書裡会とは岡田建蔵を追慕する有志の集まり。郁雨没後は郁雨会のメンバーとほとんど重なっているため、図書裡会に合流している。阿部たつをはこの歌集編集の中心メンバーであり、十五部限定私家版『郁雨歌集』（全十冊）の贈呈先第一号とされた。この中で刊行終了は「四十一年八月まで」とされているが、これは「四十一年十月」の誤り（最終号の『厚誼の下陰』は四十一年十月十五日発行)。

山下多恵子氏が着目した歌集は、この私家版郁雨全歌集と思われる。

山下多恵子氏が『啄木と郁雨　友の恋歌　矢ぐるまの花』(未知谷　二〇一〇年九月)で述べていることを再録してみる。

郁雨と節子の関係については、かなり接近したものであったという見方と、それに反対する見方がある。筆者が函館で見出した郁雨の歌集(私家版全十冊)に載るこれらの歌は、その疑問への解答となるものであろう。(同書　一二七頁)

山下多恵子氏の述べる「接近」の内容が問題なのである。

この歌集編纂に関わったと思われる阿部たつをは、郁雨の節子に対する想いは、光子が描くようなものとは異質のものである。阿部たつをは、昔の中世ヨーロッパで騎士道華やかなりしころ、身分は高いが窮状にある貴族の女性を救うために奮闘する、官能的なものをまじえたあこがれのような騎士の心情に、郁雨の心情を準えている。

生前の郁雨と親交があり、郁雨の人となりを知りつくし、そして郁雨の歌集の編纂にかかわった阿部たつをの「接近」の見解は重視するべきであろう。

私の「接近」についての所感は、節子は郁雨の恋の最高のモデル、究極のモデルである。しかしモデルはモデルでしかない。現実には節子は友人・啄木の妻だから、節子への想いはプラトニックの域を出ることはない。もしも節子が啄木を裏切り郁雨とプラトニックの域を超えて、現実的な性的関係をもったりすれば、啄木を裏切るくらいだからその内に郁雨をも裏切ることになるであろう。啄木を裏切る節子は郁雨にとっては何の魅力も価値もないものになるのである。

郁雨の女性に対する感性、あるいは恋というものに対する感性は郁雨独特のものがあり、それについては次章で詳述していく。

第八章　郁雨の節子への心情

一　節子にとっての郁雨、郁雨にとっての節子

節子は、自分の死後、自分と郁雨が不倫の関係にある、などと言われることは夢にも思わず、まったく預かり知らないまま病没しているから弁明を述べることはできない。しかし肝心の郁雨は、弁明しようと思えばできる状況にありながらそれを強調することを避けている。もちろん肯定するものではないが、心に傷を負う者をいたずらに多くしようと思わない。傷を負うのは自分だけでたくさん。ただし節子にたいしては不貞の事実は一切ない事を強調している。

この事はどういう意味なのであろうか。

節子が書き残した手紙などの資料を読むと、節子は、慈悲深くて優しく、かつ経済力のある郁雨に対して、兄に対するように慕い甘え依存していることがわかる。

節子は九人同胞中の長子である。堀合家の最初に生まれた子供として両親だけでなく親戚中から注目され期待され可愛がられる。しかしながらその下に八人もの妹や弟が生まれれば同胞たちの長として、親を助けながら面倒を見なければならない。そのため超のつくしっかり者と

なって行く。しかし節子には自分が悲しかったり辛かったりした時に頼りにしてすがることのできる兄や姉はいなかった。

函館にきて郁雨を知り、頼りになる兄のような存在に初めて出逢ったことになる。節子の貧乏暮らしの辛さ、姑・カツとの軋轢、これらの愚痴を聞いてくれ、おまけに経済的援助までしてくれる郁雨に対し好感を抱かぬ訳はない。節子は郁雨のことを手紙では「兄さん」と書いている。節子にはチャッカリしたちょっと小狡いところもあって、郁雨宛の手紙でも心情的訴えをした後で金銭無心をチョロッと付け加えたりしているのである。

しかしながら節子は甘えてばかりではなく、本来的にはしっかり者である。啄木が東京で文筆家として売れないことを見込んで、いつまでも郁雨の援助に甘えてばかりいることも心苦しい、ということで函館市立宝尋常小学校で代用教員として働きだす。函館での待機の長期戦の覚悟である。それも姑・カツの東京行きを遅らせることになるから反対、の意向の状況下でのことである。

節子にとっての郁雨は頼もしい兄のような存在であるが、郁雨に甘えてばかりではない。

ちなみに、啄木の場合はどうか？　啄木には二人の姉がいる。長姉・サダは十歳の時に生まれた弟・啄木を姉として面倒を見て可愛がる。成人となってからも啄木の母・カツと節子の父・忠操の反対で暗礁に乗り上げていた啄木と節子の結婚に影から協力して実現させている。そのためサダが亡くなった時の啄木の落胆は大きく、日記にも書き残している。次姉・トラについては啄木はほとんど書き残していない。しかし啄木はトラの夫・山本千三郎にはしばしば金銭的援助を受けているし、妹・光子の世話を依頼し応じて貰っている。

何のかんのと言っても啄木は二人の姉に助けてもらっている要素が強い。妻・節子との大きな違いと言える。

ところで郁雨にとっての節子は愛しい妹のような存在なのかどうか、が問題である。

郁雨にとっての節子は、妹という感覚以上のものがありそうである。郁雨は適齢期を迎えて恋をする。しかし郁雨の恋は啄木のように自由奔放という訳には行かない。父・竹四郎は家業の後継者の嫁としてそれに相応しい家柄からの嫁取りを画策する。郁雨が好きになった女性が別の男性と結婚するに際して父・竹四郎がその仲人となったりするのだから、郁雨は心穏やかにはなれない。他方、郁雨の母・クリは宮崎家の没落を体験し辛酸を嘗めて来ているので、良家のお嬢様ではとても宮崎家の嫁は務まらないとの考えがある。

郁雨は運動神経が発達しており身体もがっちりしたスポーツマンである。しかし郁雨が美瑛の陸軍第四師団に志願して入隊した理由が今一つ釈然としない。徴兵検査に合格して強制的に軍隊に放りこまれるよりも、いっその事志願したほうが良いとの判断かも知れないが、商人としての修行を積みに行っているのではない。恋に破れた若者が懊悩を肉体を鍛錬することで克服しようとしたのではないか、としか思われない。

郁雨は自分の恋に悶々としているところへ、啄木夫婦が忽然と表れてきた。そして郁雨は啄木から、親の反対や友人たちの邪魔など、あらゆる困難を克服した恋の勝利者としての啄木の話に陶酔させられてしまう。初めて郁雨の前に姿を現した時の節子は、郁雨が予想した恋の勝利者としての明るい華やかな節子ではなく、期待に反して、京子を背中におんぶした鬢のほつれも痛々しく、些か生活の疲れの見える節子の姿であった。今風に言えばセックス・アピールに欠けた風貌であったと思われる。郁雨にとっては初対面の節子は期待はずれであった。

しかしその後の啄木節子の夫婦生活を見て、啄木に尽くす節子の姿勢に、見てくれだけではない真の女性らしさを感じてしまう。そして節子が啄木に尽くしてくれるように自分に尽くしてくれるような女性を求めることになる。郁雨にとって節子は自分が恋する女性の最高で究極のモデルに位置付けされてしまう。

そして郁雨は啄木の薦めもあって節子のすぐ下の妹・フキと結婚することになる。フキはいろいろな意味で節子に最も近い人物である。郁雨の父・竹四郎はフキについてどのような所感を抱いていたかの資料はないが、郁雨の母・クリは「啄木の妻・節子の妹であれば間違いがない。」とフキを嫁とすることには大賛成である。

しかし郁雨にとっては、フキと結婚してからでも究極のモデルとしての節子の印象はいつまでも心に残るものであったようである。だがそれは郁雨が悲恋に終わった初恋の人をいつまでも想い続けていたのと同質のものと思われる。

二　郁雨の恋

啄木の第一歌集『一握の砂』は明治四十三年十二月一日発行となっている。それに対して郁雨は明治四十三年十二月十五日から翌年二月十日まで函館日日新聞に「歌集『一握の砂』を読む」を四十五回にわたって掲載する。それに対して感謝をこめて啄木は明治四十四年二月二十日から同年三月七日まで八回「郁雨に與ふ」を同じく函館日日新聞に寄稿し掲載される。

「郁雨に與ふ」は啄木が書いたが故に活字化されることも多かったが、その元となった郁雨が書いたものが活字化されたのは平成二十二年になってからである。郁雨が書いたもので活字化され出版された書籍は数が少ないが、郁雨が函館日日新聞に掲載した「歌集『一握の砂』を読む」を編纂した『啄木と郁雨　なみだは重きものにしあるかな』（遊座昭吾編　桜出版　二〇一〇年十二月）は郁雨の人格を知る上で貴重な資料である。

はじめに「郁雨に與ふ」の冒頭部分を紹介しておく。

　郁雨君足下

函館日々新聞及び君が予の一歌集に向つて與へられた深大の好意は、予の今茲に改めて満腔の感謝を捧ぐる所である。自分の受けた好意を自分で批評するも妙な譯ではあるが、実際あれだけの好意を其の著述に對して表された者は、誰しも先づその眞實の感謝を言ひ現はすに當つて、自己の有する語彙の貧しきを嘆かずにはゐられまい。

文章書きの名人あるいは達人と思われる啄木が、郁雨に大して感謝の意を言い表わす言葉がない、という程に感謝の意を表している。啄木の郁雨に対する感謝の思いの大きさや深さが推察される。

ところで郁雨は啄木に対して、啄木が喜びそうな、啄木の作品ならばなんでもかんでも高い評価を与えているのだろうか？　郁雨の所感をよむと必ずしもそうではない。郁雨は啄木との感性の違い、ありていに言えば啄木に対して好感を感じないところも書いている。

明治四十三年十二月二十九日（木曜日）

正直いふと僕は接吻《きす》と云ふ字を見ると不快《いや》な感じのする男である。僕は接吻と云ふ字を見ると目を閉ぢても耳を掩《お》ふても、づぐづぐとした不快《いや》な刺戟を身躰《からだ》中に感ずる程の男である。僕は戀と接吻を何《どう》しても離して置きたい男である。

明治四十四年　一月二十七日（金曜日）

釧路にゐた期間は啄木の耽溺時代である。反逆心の高潮時代である。世の中と云ふものに心の底からしみじみと近づく発足の時であつたと僕は思つてゐる。

『火《ひ》をしたふ蟲《むし》のごとくに
ともしびの明《あか》るき家《いへ》に

否《いな》さう云ふ事柄がよく用ゐられた。否《いな》さう云ふ事柄が

かよひ慣《な》れにき』
『小奴《こやつこ》といひし女《をんな》の
やはらかき
耳朶《みみたぼ》なども忘《わす》れがたかり』

この頃（でもないが）の文壇には耽溺と云ふ言葉がよく用ゐられた。否《いな》さう云ふ事柄がよく書かれたと僕には思はれる。其等の作物に接した時僕は實は何とも云はれぬ程不快《いや》な感じがした。僕は正直云ふと耽溺と云ふ事柄が不快《いや》である。心の底の深刻な苦痛が伴なはれてゐると云ふ事を否認するものではない。むしろ自分も共に何とかして此心の苦悩を忘れたいと思つては居る。然し僕は何《ど》うも其が出来ない。できないから尚ほ苦しいのかも知れぬ。兎に角僕の今の頭は到底耽溺を容《ゆる》す程開けては居ない。僕から見れば耽溺する事の出来る人は仕合《しあは》せである羨ましい人である。そして同時に嫌な人である。僕は此点《このてん》に對しては思想の幼稚、頑迷と云ふ譏《そしり》は甘んじて受ける覺悟である。

『きしきしと寒《さむ》さに踏《ふ》めば板軋《いたきし》む
かへりの廊下《らうか》の
不意《ふい》のくちづけ』
『かなしきは
かの白玉《しらたま》のごとくなる腕《うで》に殘《のこ》せし

キスの痕《あと》かな』

僕は此等の歌が嫌だ。歌の心は別として僕はただ此等の歌の表面に現はれた気持が嫌なのである。世の中には僕の幼稚さ加減を笑ふ人があるかも知れぬ。…然し其を僕には何とも仕様がない。

『その膝《ひざ》に枕《まくら》しつつも
我《わ》がこころ
思《おも》ひしはみな我《われ》のことなり』

この心はよく解る。随分皮肉な歌である。耽溺する位の人には此位《このくらゐ》の深い心があるのである。僕はむしろ啄木のこの心を気の毒に思ふ。この時の心を愁《かな》しく思ふ。

『よごれたる足袋《たび》穿《は》く時《とき》の
氣味《きみ》わるき思《おも》ひに似《に》たる
思出《おもひで》もあり』

これが啄木の本當の心であろう。僕にも此様な不気味な思出の無い譯ではない。誰人にも恐らく此歌の如き感じのしない事は無いだらうと思ふが、この歌は如何にも其邊の気持をよく現はした棄て難き可《い》い歌である。

以上は「歌集『一握の砂』を讀む」（明治四十三年十二月十五日～四十四年二月十日にわたっ

て函館日日新聞に掲載された郁雨の評論）からの抜粋である。

郁雨はキスとか膝まくらとか耳朶への愛撫とか肉体的接触、性的行為ないし性欲を連想させる事柄は嫌いなのである。それらは肉欲であって、郁雨の恋にとって重要な意味があるのは肉欲ではない。郁雨の恋にとって重要なものは肉欲とは別の次元のものであって、もっと精神的な愛とか思慕とか、つまりプラトニックなものなのである。

郁雨が好きな啄木の恋の歌は『一握の砂』の「忘れ難き人人」の章・二の歌が多い。全部で二十二首あり、函館の弥生尋常小学校の代用教員として勤務していた時の同僚・橘智恵子を歌ったものである。郁雨が好ましいと感じた歌を抜粋してみる。

明治四十四年　二月　二日（木曜日）

『かの時《とき》に言《い》ひそびれたる
大切《たいせつ》の言葉《ことば》は今《いま》も
胸《むね》にのこれど』

…この云ひ廻しは餘程卒直に出て天眞爛漫の趣がある。「大切」と極くありふれた言葉を持つて来てゐて、其がまたよくきいてゐるので何となく初々しい戀を思ひ出させる程に懐かしい氣の満ちた歌である。僕はこの様な戀が好きだ。

三　郁雨の節子への心情

郁雨の節子への心情は郁雨自身も自分の歌で「恋」と表現している。それは「恋」という語以上に適切な用語がないからのようである。恋とは、親が恋しい、故郷が恋しい、などでも使われるが、一般に男女間に生ずる愛情を意味する。そして男女間の引き合う結果として肉体的性欲が介在してくる。人間以外の動物では肉体的要求は子孫繁栄の本能に基づくものとなる。人間の場合も本質的違いはないが、より精神性が重視されるとしても、恋と性欲とは一般的には切り離せられない。

ところが郁雨の恋は性欲とは異次元のテーマのようである。「僕は恋と接吻を何しても離して置きたい男である。」が郁雨の真骨頂なのである。そして郁雨の恋は、性欲を含む恋としては失恋に終わってしまっても、精神性のみの恋、いわゆるプラトニックな恋として終焉なく、失恋がないのである。そのためいわゆる失恋に終わった女性に対しても郁雨の心では恋心を保ち続けるのである。

明治四十一年五月十六日啄木日記

宮崎君から、人の妻となれる其恋人の、お産をして唯三日目に訪ねて行つた際の詳しい手紙が来た。

郁雨は初恋の女性が結婚（勿論郁雨でない男性との）して最初の子供を出産した三日目に彼女を訪ねていることを詳しく啄木に知らせている。郁雨が到達した彼女への心情は普通の一般的恋心を超越したものに到達しているのである。また郁雨は自分の妻となったフキに対しても、自分の初恋だった女性に対する心情を包み隠すことなく打ち明けている。その結果フキは自分の姉・節子と同じくらいに郁雨の初恋の人だったその婦人を尊敬し信頼するようになるのである。郁雨はそのような自分の心情を「真の男の心意気」と思っているようである。

郁雨の節子に対する心情もそれに類似するものと考えられる。これは郁雨と節子の間では郁雨の節子に対する一方的なものである。節子には郁雨に対する恋に近似ないし類似の心情は認められない。郁雨は「唯この際はっきり申しあげておきますが、節子さんには不貞の所為は絶対にありません。」（遺稿―『国文学』昭和四十一年一月号）と述べている。節子に不貞の所為はないことを絶対的なものとして強調しているが、郁雨は自分自身については同様には述べていない。つまり自分には節子に対してプラトニックではあれ恋情を抱いていたので、自分も節子と同じように不貞の所為を絶対的に否定することができなかったからと思われる。

節子には郁雨に対しては兄として慕う心情はあったとしても、それは男女間の恋情とは異質で、郁雨のそれとも異なっている。しかしながら郁雨と節子にはある共通した心情、「愛」という語を使うとするならば「同士愛」のような共通する心情が認められる。共通する思想信条、共通する目的をもって協力しあう人間同士、志を同じくする人間同士には同士愛が生まれる。

そして志を果たすための困難が大きければ大きいほど、同志愛も大きくなり強くなる。

郁雨と節子に共通する同士愛とは、二人とも啄木を文学で成功させることで協力するということである。啄木を文学で成功させるために、節子は啄木の妻として家庭内部から啄木を支え励ます役割であり、郁雨は啄木の友人として物心両面から支援することである。郁雨と節子は啄木を文学で成功させるためにそれぞれに役割分担をしているが、目的を一つにしている者同士となっている。それは二人の間ではそんなに簡単には崩れない堅い絆で結ばれていた。そしてそれは私的な心情を超越した大きなものであった。だから郁雨と節子の間の心情は私的感情を主なテーマとしては計り知れない。

郁雨と節子の心情を論考する場合、二人の間には啄木を文学で成功させるという共通する者同士に発生する同士愛が主であり、それに郁雨の独特の個性的な、肉体的性欲を超越したプラトニックな恋情が従として付加されたものとして論考することが最も妥当と思われる。郁雨のプラトニックな恋情が主であり、同士愛のほうが従であれば、郁雨は節子を東京にまで送って行くことはない。可能な限り自分の傍に置いておくようにするであろうし、それも可能であったと考えられる。しかし実際の郁雨にはそのような行動は認められない。

なお啄木は郁雨のこのような心情は了解していたと思われる。

・大川《おほかは》の水《みづ》の面《おもて》を見《み》るごとに

郁雨《いくう》よ
君《きみ》のなやみを思《おも》ふ　（「忘れがたき人人　二」『一握の砂』327）

啄木は郁雨についても何でも知っていた。とりわけ郁雨の恋の悩みを知っていた。郁雨は失恋の相手の女性が結婚して子供が生まれて三日目に訪れた時のことについて、心情を詳しく手紙で伝えている。また郁雨の『一握の砂』の書評で、郁雨が「恋と接吻を何しても離して置きたい男である」ということをも読んでいる。啄木が郁雨の恋に対する独特の考え方や姿勢を知らない訳がない。

そして啄木は郁雨の節子に対する心情も知っていた。だから啄木は、丸谷喜市が書いたものによれば、丸谷喜市に対して、郁雨と節子の間の心情は「プラトニックなものであることは疑ってはいない。」と述べているのである。郁雨と啄木の間では、節子に関することでも了解しあっていた。だから郁雨は節子に対する手紙を、啄木の居住する住所に遠慮することもなく郵送したのである。いわゆるラブレターだったり不倫を云々する手紙だったら、啄木の住居宛に手紙を郵送するなど露顕の可能性が高く、こんな不用心なことをするはずがない。

啄木が郁雨の手紙で怒り心頭にまで達してしまったのは、郁雨の節子に対する心情が露顕したからではない。郁雨が手紙で節子に対して「身体具合が悪いのであれば堀合の実家に行って静養するのが一番だ」と、啄木が最も恐怖と感じている忠操の下に行くことを唆したからである。郁雨は知ってか知らずか、啄木の逆鱗に触れてしまったのである。しかし、すぐに節子が「実家には行かない」と言ってくれたので、三日でもとの夫婦仲に戻っている。もしも妻と親友の不倫で怒ったのなら三日で仲直りできる訳がない。

ところで郁雨には、啄木や文学仲間であった苜蓿社関係の友人など青春時代の友人が大勢いたのだが、晩年にも多くの友人を得ている。青春時代の友人は情熱的で活力に富んだ、そして純粋な精神から生まれてくる。晩年の友人は人生の経験を積み重ね、冷静で理性的人格が成熟した精神から生まれて来る。しかしながら、矢張り郁雨の晩年の友人も啄木を介して生まれている。図書館長の岡田健蔵や医師の阿部たつをなどである。

郁雨の友人たちは、郁雨亡き後に郁雨の歌集を編纂した本をまとめたことは既に述べている。彼ら友人たちが、節子を詠んだ郁雨の歌から、郁雨の節子に対する心情に、不倫や啄木に対する裏切りなど薄汚いものを感じたとすれば、歌集の編纂をしなかったであろうし、郁雨の友人であることを止めるであろう。しかしながら彼ら友人たちは、郁雨の節子に対する心情を「男の心意気」と好意的に感じている。郁雨の歌集が編纂されたのは光子の書が刊行されてからのことであるが、光子の説などはほとんど問題にしていなかったとしか思われない。実際に郁雨と触れあった友人たちは、郁雨の物の見方や考え方、感受性、その他の人格要素を身近に感じ取ってのことと思われる。

郁雨はプラトニックな恋という意味では恋多き人である。郁雨の晩年の親友・阿部たつをは郁雨について次のようなことを書いている。

六十路にして初恋人をかつ思ふこの若さもて生かまくほしも

と歌って居られますが、六十路ばかりでなく、亡くなられる喜寿近くまでも、心おきない友人と居て、一杯お酒が入ると、綿々として恋の話をして居られました。

わが名郁雨雨を恋しみなつかしみ君おもひ出でて雨の日わづらふ

と歌って居られる郁雨の郁も恋人の名だとのことでありますが、私が聞かされただけでも恋人は四人も五人もありました。文学青年の常として、つまり恋を恋したのでありまして、どの人も宮崎さんの頭の中で、だんだん美化され浄化されて、永遠性を帯びていったのでありましょう。恐らく実際にはその一人とでも手さへ握ったことはないのであります。

（『新編　啄木と郁雨』洋洋社　昭和五十二年五月　二四一～二四二頁）

郁雨は節子とは連絡船上で唯一度だけ手を握ったようであるが、阿部たつをの郁雨についての理解は納得の行くものであろう。阿部たつをは、郁雨が恋したという四～五人の女性の中には、畏れ多くももったいなくも皇族の女性の名前も聞かされている。

啄木も多くの女性に恋心を抱いたようであるが、啄木の恋心よりも郁雨の恋心のほうが清純な感じである。

郁雨は誰をも傷つけたり名誉を貶めたりはしていない。郁雨はそのことで自信があったので、光子の尻馬に乗るような人が幾ら出て来ても何も言い訳なんかする必要を感じていなかったのであろう。

郁雨に啄木に関わることで足りないところがあるとすれば、啄木の逆鱗、「忠操恐怖症」について思いが及ばなかったことくらいである。そのために啄木と郁雨は義絶することとなった。しかし啄木が残した次の短歌で義絶は解除されたものとなっている。

・買《か》ひおきし
　薬《くすり》つきたる朝《あさ》に来《き》し
　友《とも》のなさけの為替《かはせ》のかなしさ。（『悲しき玩具』187）

郁雨は啄木第二歌集『悲しき玩具』にこの歌を発見し、この歌は啄木から郁雨への和睦のサインと理解する。詳細は次章で述べることとする。

第九章　喧嘩と仲直り

一　身内の喧嘩

「啄木の不愉快な事件」とは親友であり義兄弟であった啄木と郁雨の喧嘩である。言わば兄弟喧嘩である。

身内間の喧嘩、兄弟喧嘩には他人同士の喧嘩と異なる特質が二つ見られる。

第一は身内であるが故に骨肉憎悪が強くなることである。骨肉とは本来愛情で強く結ばれている。それだけにその愛情が裏切られると怒りも激しくなる。

子供が何らかの悪さをしたとする。他人の子供の場合は余裕をもって許せることができる場合でも、自分の子供だったら「うちの子に限ってそんなことをする筈はないと思っていたのに、」という裏切られた感情や想いが重なる。「自分の親なんだからもっと分かって欲しいのに、何て物わかりが悪い親なんだ！」とは子の立場から親に対する感情である。

このようなことで骨肉間で争いやトラブルが発生する。愛情関係が緊密であればあるほど、その愛情に満たされなかった時は怒りの感情が発生して来る。怒りが憤怒になり、抑制が効かなくなることもあろう。傷害事件などは他人間で発生するよりも、身内間で発生することのほうが多いようである。骨肉であるが故に憎悪も強くなるのである。

第二の特徴は、骨肉であるが故に憎悪を秘匿し表に出さないことである。他人間の喧嘩であれば、そのまんま喧嘩別れになったとしても特別大きなことにもならない。しかし他人との喧嘩であっても、喧嘩のしっぱなしは後味が悪い。ところで啄木は若気の至りで良く喧嘩をするのだが、仲直りもしているのが啄木の特徴である。

啄木は幼少の時から喧嘩と仲直りを良くする性格の人物で、それは小学生時代からのようである。七戸綏人は『回想の石川啄木』（岩城之徳編　八木書店）で、啄木が伊東圭一郎と極めて緊密な仲から、何らかの理由で非常な不仲となって長期抗戦となったが、また緊密を取り戻したことを紹介している。

野口雨情とも仲良くなったと思ったら喧嘩をして、その直後にはまた仲直りをしている。

・友《とも》われに飯《めし》を与《あた》へき
その友《とも》に背《そむ》きし我《われ》の
性《さが》のかなしさ　（「忘れがたき人人　一」『一握の砂』314）

『一握の砂』の「函館の青柳町こそかなしけれ…」の一首前のこの歌の友は松岡蕗堂である。

啄木は日記や友人への手紙で蕗堂を散々非難して喧嘩腰であるが、『一握の砂』出版のころには自分を反省している。

・敵《てき》として憎《にく》みし友《とも》と
やや長《なが》く手《て》をば握《にぎ》りき
わかれといふに　（「忘れがたき人人　一」『一握の砂』362）

啄木をぶん殴って「あんな野蛮な奴と一緒に仕事は出来ない」と小樽日報社を辞める直接的原因となった喧嘩の相手、小林寅吉とも仲直りしている。もっとも小林寅吉のほうでは仲直りしているつもりはないようだが、啄木のほうでは仲直りの心境であろう。『一握の砂』には他に次の歌がある。

・椅子《いす》をもて我《われ》を撃《う》たむと身構《みがま》えし
かの友《とも》の酔《ゑ》ひも
今《いま》は醒《さ》めつらむ　（「忘れがたき人人　一」『一握の砂』348）

・負《ま》けたるも我《われ》にてありき

あらそひの因《もと》も我《われ》なりしと
今《いま》は思《おも》へり（「忘れがたき人人　二」『一握の砂』349）

・あらそひて
いたく憎《にく》みて別《わか》れたる
友《とも》をなつかしく思《おも》ふ日《ひ》も来《き》ぬ（「忘れがたき人人　二」『一握の砂』352）

これらの歌は後になって、ある時の喧嘩を思いだしての追想歌である。喧嘩の余韻は、ほとぼりも冷めて消滅しており、啄木はそれなりに反省をしている。

啄木は郁雨が節子に対して、療養のためとはいえ節子の実家に行くことを勧めたことに対して激怒してしまう。そして仲介に入った喜市の勧めで郁雨と義絶してしまったが、ほとぼりが冷めて冷静になって考えれば、郁雨との義絶は啄木にとってはあまりに大きい痛手である。経済的援助が断ち切られただけでなく、心の内を安心して打ち明けることができた友人を失くしてしまった。これまでのように手紙を書くこともできない。啄木が義絶を反省する気持ちになるのは当然であろう。

骨肉間の喧嘩ではなおさら仲直りを考える。骨肉間であればいずれは仲直りをしなければならない。夫婦喧嘩で仲直りができなければ離婚するしかない。離婚すれば夫婦ではなくなるので、喧嘩は延長しても夫婦喧嘩ではなくなる。親子兄弟間では、離婚のように縁を切ることもできない。勘当ということもあるが稀有なことであろう。

啄木の妻・節子と郁雨の妻・フキは姉妹であり、啄木と郁雨は親友であり同時に義兄弟である。親友は他人同士であるが、啄木夫婦か郁雨夫婦のどちらかが離婚しなければ義兄弟の関係が変わることはあり得ない。啄木と郁雨がいくら喧嘩をしても、いずれは仲直りしなければならない。そして、仲直りを考えれば、喧嘩は当事者間だけに秘めておいて外部には漏らさない配慮が必要なのである。骨肉間の内部問題を外部に曝したり暴露するような行為は控える心理が働く。そんなことをすれば仲直りが困難になってしまう。

啄木は妹・光子にもそのような内容の手紙を書いている。

……お前の知つてゐるあの不愉快な事件も昨夜になつてどうやらキマリがついた、家に置く、然しこの事についてはもう決して手紙などにかいてよこしてくれるな……（明治四十四年九月十六日）

ところが光子は兄・啄木の意に逆らいその後も何度も此の事件について手紙を書いたのであろう。遂に啄木も怒り狂ってしまう。啄木最後の手紙は妹・光子宛のもので次のような文章で終わっている。

……くれぐれも言ひつけるが俺へ手紙をよこす時用のないべら〳〵した文句をかくな、お前の手紙を見るたびに俺は疳癪が起こる、三月二十一日　光子殿（明治四十五年三月二十一日）

啄木はいずれ郁雨との仲直りを考えていたのであろう。そんなところへ郁雨や節子を糾弾する手紙を書きまくれば、啄木は癇癪を起こすことは当たり前である。啄木をかくも怒らせる内容が不愉快な事件に関わること以外には、これまで多くの啄木関係の資料を読んできたが思い当たるものがない。

啄木が必死で隠そうとした郁雨との義絶の真相について、啄木の妹・光子は暴き立て白日の下に曝こうとしているのだから、「嗚呼！」としか言いようがない。しかも内容が真実とは程遠いのだからなおさらである。

啄木の心情としては、郁雨に節子を実家に行かせたくない思いを理解してもらい、いずれは仲直りをしようと思っていたのに、それをぶち壊すような光子の言動に対して癇癪を起こすのは当然のことである。

二　親友からの束縛

それとは別の問題として、啄木の心情の中には心理的により深いところでの深刻なジレンマがある。一般的視点に立てば最も親しい友人、最も恩義を感じなければならない人物に対する特殊な心情である。緊密の程度が強ければ強いほど、それは啄木の自由を抑圧して「しがらみ」という手枷足枷となる。その人から自由になれなくなるのである。

明治四十二年一月十日日記

束縛！　情誼の束縛！　予は今迄なぜ真に書くことが出来なかつたか?!

かくて予は決心した。この束縛を破らねばならぬ！　現在の予にとつて最も情誼のあつい人は三人ある。宮崎君、与謝野夫妻、そうして金田一君。

啄木を文壇に導いたのは与謝野鉄幹であることは論を待たない。中学中退で上京した時もお世話になっているし、北海道を彷徨っていた時も手紙で啄木を励まし続けていた。最後の上京の時も同様である。与謝野鉄幹の導きがなかったならば啄木の文壇での活躍はあり得なかったであろう。与謝野鉄幹は言わば啄木の恩師に該当する。また文芸人としての援助の他に経済的にもかなり支援して貰っている。

啄木は鉄幹に対していくら恩を感じても感じ過ぎるということはない筈である。ところが啄木の日記には次のようなことが記載されている。

明治四十二年四月十一日日記（ローマ字日記）

予は、今日、与謝野さんの宅の歌会へ行かねばならなかったのだ。無論面白いことのありようがない。

・・・・・

予はこの頃真面目に歌などをつくる気になれないから、相変らずへなぶってやった。

・・・・・

ああ、惜しい一日をつまらなく過ごした！　という悔恨の情がにわかに予の胸に湧いた。花を見るならなぜ一人行って、一人で思うさま見なかったか？　歌の会！　何というつまらぬ事だろう！

これが与謝野鉄幹が主催する歌会に対する当時の啄木の心情となっているのである。鉄幹個人に対しても書いている。

同四月十二日日記（ローマ字日記）

予は与謝野氏をば兄とも父とも、無論、思っていない。あの人はただ予を世話してくれた人だ。世話した人とされた人との関係は、した方の人がされた方の人よりえらくている間、もしくは互いに別の道を歩いてる場合、もしくはした方の人がされた方の人よりえらくなくなった時だけ続く。同じ道を歩いていて、そして互いの間に競争のある場合には絶えてしまう。予は今与謝野氏に対して別に敬意をもっていない。同じく文学をやりながらも何となく別の道を歩いているように思っている。予は与謝野氏とさらに近づく望みをもたぬと共に、敢えてこれと別れる必要を感じない。時あらば今までの恩を謝したいとも思っている。

啄木のこの心情では「恩」を感じそれに感謝してはいるが、内容的には鉄幹を突き放しているとしか考えられない。

次に金田一京助についてはどうであろうか。啄木の友人としての金田一京助はあまりに有名で改めて述べることもないであろう。盛岡中学時代からの友人だが、特に最後の啄木上京の際には京助の下宿に転がり込んで、世話になりっ放しである。啄木第一歌集『一握の砂』ではその歌集冒頭で宮崎郁雨と並んで献辞されていることでも有名である。『一握の砂』が発刊されたのは明治四十三年十二月であるが、その前に啄木は次のようなことを書いている。

明治四十二年四月八日日記（ローマ字日記）

一方、金田一君が嫉妬ぶかい、弱い人なことはまた争われない。人の性格に二面あるのは疑うべからざる事実だ。友は一面にまことにおとなしい、人の好い、やさしい、思いやりの深い男だと共に、一面、嫉妬ぶかい、弱い、小さなうぬぼれのある、めめしい男だ。

明治四十二年五月十五日日記（ローマ字日記）

十一時頃、金田一君の部屋に行って二葉亭氏の死について語った。友は二葉亭氏が文学を嫌い——文士と言われることを嫌いだったというのが解されないと言う。憐れなるこの友には人生の深い憧憬と苦痛とはわからないのだ。予は心に耐えられぬ淋しさを抱いてこの部屋に帰った。ついに、人はその全体を知られることは難い。要するに人と人との交際はうわべばかりだ。

互いに知り尽くしていると思う友の、ついに我が底の悩みと苦しみとを知り得ないのだと知った時のやるせなさ！　別々だ、一人一人だ！　そう思って予は言い難き悲しみを覚えた。予は二葉亭氏の死ぬ時の心を想像することができる。

そして金田一京助は『一握の砂』に献辞されているにも関わらずそのことについて何の反応もしていなかったのである。同じく献辞された郁雨が、函館日日新聞に「歌集『一握の砂』を読む」を四十五回にわたって書いたのとは余りに異なっている。

実際の二人と啄木の関係はどのように推移していったのかを見てみよう。

鉄幹とは日記に書かれた歌会以後疎遠になったようであるが、啄木の長男・真一の葬式に鉄幹が現われて接触があり、情誼が再開している。しかしその後鉄幹は外遊に出たために、その後は会うことはなかった。鉄幹が帰国したのは啄木没後である。

京助とは、啄木が家族を迎えて新居を構えてからは往来は激減しているものの、妻・節子の家出の時には、「節子に帰ってくれるように手紙をかいてくれ」と京助に泣きついたり、啄木の留守の時に京助が啄木宅を訪れて母・カツの愚痴を聞かされたり、金銭無心の手紙を持参して節子が京助宅を訪れて京助の妻・静江に辟易されたり、の記録があるので交流がまったく途絶えてしまった訳でもなさそうである。明治四十五年一月八日には、京助の長女・郁子が亡くなったことについて鄭重な心の籠もった弔意の手紙を書いている。

京助との一般社会常識的交流がまったくなくなった訳ではなさそうである。

もう一度鉄幹と京助二人と啄木の疎遠の内容を検討してみよう。

鉄幹はそのローマン主義的文芸で明治時代のある時期、一世を風靡している。しかし余りにも現実離れしたローマン主義は飽きられてしまい、『明星』の売れ行きもガタ落ちしてしまう。啄木はいち早くローマン主義から脱却して、現実をありのまま見つめる自然主義に行きつく。さらには現実社会を変革していく社会主義へと到達して行く。文芸の質において鉄幹とは異質のものとなって行くので鉄幹とは相容れぬこととなるのは必然であった。

京助は啄木の最も身近にいながら啄木の思想を理解することはほとんどできなかった。啄木は釧路時代に既に天皇制度に対して唯物史観的論考から批判的思想に到達しているのに対して、京助は啄木の分まで長生きしているが、戦後になっても死ぬまで尊王主義であった。そのためアメリカ占領軍と物議を醸しそうになって周囲をハラハラさせた程である。

啄木が長く生きていたら、いずれは京助とは思想的には衝突することになって行くことが考えられる。

啄木には鉄幹にも京助にも相容れないものを持っていた。そのことを日記から読みとることが出来る。啄木はその他の友人に対しても、日記やあるいは手紙などで悪口をたたいたり批判的に論じていることを見ることができる。しかしながら郁雨に対しては、啄木が書いた作品や手紙などで批判ないしは批難する文言は残されていない。

明治四十二年四月十二日日記（ローマ字日記）

一人の人と友人になる時は、その人といつか必ず絶交することあるを忘るるな。

ここでいう友人の中には無論郁雨も含まれると思われるが、友人の一般論を述べているのであって、郁雨を名指している訳でもない。

しかしながら郁雨は、鉄幹や京助以上に友人としてまた義兄弟として身近な、余りにも身近な存在であった。そのため郁雨とは感受性ばかりでなく思想信条哲学あるいは志が違うことは当たり前ではあるが、違うことを当然のこととせず、郁雨から自由が奪われ束縛と感じてしまうこともあったかも知れない。

啄木は鉄幹や京助とは文学に対する姿勢や考え方や思想信条哲学の分野では違う道を進むことになるが、現実生活では交流を断ってしまった訳ではない。

啄木は郁雨とは義絶してしまったが、啄木の「忠操恐怖症」以外に義絶の理由があったとすれば、郁雨が余りにも啄木の身近なそして大きな存在であり、啄木にとっては圧力であり束縛と感じたことが、義絶の理由であったかも知れない。

郁雨が節子に対して、例え善意のつもりでも、「身体の具合が悪かったなら実家に帰るのが一番だ」と勧めたりすることは、郁雨の余りにも接近のし過ぎであろう。啄木の私生活に対して干渉する内容であり、啄木が例え親友に対してであろうとも、このようなことを言われれば、感情的にカチンと来ることは容易に想像できる。況んや啄木の「忠操恐怖症」ともろに抵触することなので、啄木が激怒してしまったことも尤もなことと思われる。

しかしながら啄木と郁雨の友情の基盤まで損なうほどのことでもなかった。そのため義絶となってしまったが、何らかのきっかけがあれば義絶は解かれることが考えられた。しかし郁雨は自分から義絶を言い出した訳ではないので、自分から義絶解消のきっかけを切りだすことができなかったし、啄木のほうからも切りだすことができないまま啄木は病没してしまう。

冷静になって考えてみれば、現実生活では何でも打ち明けることができた友人、心情だけでなく物心ともに支援してくれた友人を失くしたことは、余りに大きな痛手であり、寂しくもあり悲しいことでもある。義絶を解消し情誼を恢復したくなって来るであろう。ほとぼりがさめて冷静を取り戻して詠んだ歌、最晩年になって土岐哀果に託して歌集に載せて公表することにした歌が『悲しき玩具』に掲載された次の歌であろう。

・買《か》ひおきし
　薬《くすり》つきたる朝《あさ》に来《き》し
　　友《とも》のなさけの為替《かはせ》のかなしさ。（187）

この歌はどのように考えても郁雨に対する心情を詠んだ歌としか思えない。郁雨は『悲しき玩具』のこの歌を読んで、既に亡くなってしまったが啄木との義絶を解いたのであろう。そして郁雨は、啄木の遺された遺族の世話、啄木の墓の建立、啄木文学の普及に努めることになるのである。

啄木は亡くなる前に、郁雨と和睦する材料を残してあの世に旅立った。親友の郁雨にはそれが分かっていたのであろう。郁雨の啄木没後の行動は、啄木の親友としての行動であることは誰にでも理解できることである。

第十章　諸家の論考

啄木の生涯を論ずる場合に必ず蒸し返されるのが節子郁雨の不倫問題である。この問題に決着をつけることが本書の目的であるが、節子郁雨不倫論を主張する人の心にも触れておきたい。

一　妹・光子の場合

節子郁雨不倫論は啄木の妹・三浦光子が言い出しっぺである。

啄木の同胞は、サタ、トラ、一、ミツ、の四人である。一は後の啄木、ミツは光子である。同胞四人はサタとトラの上二人と啄木と光子の下二人の二群に別けることができる。上二人は平凡に結婚し主婦として平凡な人生を送っている。サタは子供をたくさん産むがやはり肺結核で亡くなっている。トラは子宝に恵まれなかったが長寿をまっとうしている。

上二人の姉たちと比較すると、十歳近く年下の啄木と光子は共に過酷な人生を送ったと言える。上二人と比較すると啄木と光子は緊密性が強い。緊密性が強いということは仲が良いということとは必ずしも同じ意味ではない。反目の度合いもそれなりに強くなるのである。

啄木はようやく生まれた男の子として親から、特に母・カツから溺愛されて養育される。その後に生まれて来た光子は啄木に比較してどうしても存在感が薄い。啄木の影のような存在でしかない。

・朝《あさ》はやく
婚期《こんき》を過《す》ぎし妹《いもうと》の
恋文《こひぶみ》めける文《ふみ》を読《よ》めりけり　（「我を愛する歌」『一握の砂』69）

・船《ふね》に酔《ゑ》ひてやさしくなれる
いもうとの眼《め》見《み》ゆ
津軽《つがる》の海《うみ》を思《おも》へば　（「忘れがたき人人　一」『一握の砂』309）

これらの歌からは兄と妹の情愛が感じられて、良い関係を詠んだ歌であろう。しかし妙な歌もあるのである。

・母われをうたず罪なき妹をうちて懲せし日もありしかな
（明治四十一年歌稿ノート「暇ナ時」六月二十五日夜二時まで）

本当は悪戯の犯人は啄木なのに、母・カツは妹、光子を打って懲らしめていた、と言う歌である。啄木は初めて生まれて来た男の子として、特に母から過剰に可愛がられる。光子の著書『兄啄木の思い出』によれば、啄木が「ゆべし餅を食べたい」と言えばどんな夜中でも母はそれを作っていた程である。

それに対して光子は啄木の罪をかぶって母に体罰としてぶたれるのだから、たまったものではない。幼少時からこのように対応されていたのでは光子が素直な人間に育って行く訳はない。

・わかれをれば妹《いもと》いとしも
　赤《あか》き緒《を》の
　下駄《げた》など欲《ほ》しとわめく子《こ》なりし　（「煙 二」『一握の砂』205）

遠く離れた妹を愛しんで子供の頃を思い出している歌である。しかし、内容を検討してみると、啄木は「ゆべし餅が食べたい」と言えば母はいつでも作ってくれるのに対して、光子は少しくらい言っても何も得ることはできない。「わめく」ように言わないと何も得ることはできない。このような生育環境では、勝気で自己主張の強い、そして同時に粘り強く執念深い、また恥ずかしげもなく手段を選ばないような行動に出る性格にならざるを得なくなる。そうでなければ自己存在は確立できず、埋没してしまうのである。

明治四十二年四月十八日（ローマ字日記）

予と妹は小さい時から仲が悪かった。おそらくこの二人のくらい仲の悪い兄弟はどこにもあるまい。妹が予に対して妹らしい口を利いたことはあったが、予はまだ妹がイジコの中にいた時から、ついぞ兄らしい口を利いたことはない！

日記では、妹に対する感情を反省しながらもこのような過去を追想している。啄木と妹の仲は、緊密な関係であると同時に、憎しみも混じった複雑な心情なのである。また、啄木は光子の勝気で執拗な性格を考えてのことか、光子を自分の友人には嫁にやらない、と主張し、実際にも盛岡中学時代の友人・小林茂雄やその後の郁雨との縁談も光子に理なく断わっている。

妹・光子が「郁雨と節子不倫論」を言いだした理由は二つであろう。

第一は、郁雨が、最初は光子との結婚を希望したが啄木に断られ、節子の妹・フキと結婚することになった経緯がある。この経過は余りに光子の存在を無視した、光子を小馬鹿にした内容である。光子が怒り狂ったとしても当然である。しかしこの経過については光子は「知らなかった」ということで通してあの世に行っている。本人が「知らなかった」と言うのだから仕方がないが、「知っていながら知らなかった」と言っていたかも知れないし、その可能性のほうが高く思われる。もし知っていたことにすれば、それでは光子が余りにも惨めだからで、「知らなかった」と言わざるを得なかったと考えたほうが自然である。光子は知らなかったことにして怒りを内に秘めておくしかなかったのであろう。

光子の主張する「郁雨節子不倫説」は、光子を小馬鹿にし、光子の存在を無視した郁雨と節子に対する復讐、恨みを晴らす意味がある。

第二の理由は、戦後の啄木ブームによる伝記小説や映画や芝居の内容である。これらをエンターテインメントとして面白くするためには、主人公の啄木、啄木を支える善玉、啄木の足を引っぱる悪玉、悪玉ではないが啄木の引き立て役、エンターテインメントとして面白おかしくする道化役、などを散りばめる必要がある。そしてそれらはほとんど、啄木が主人公で、節子と郁雨が善玉となり、母・カツや妹・光子は悪玉あつかいとなり、光子の誇りを傷つけるものである。これでは誇り高い光子は黙っていられない。母・カツや自分こそ善玉であり、節子と郁雨こそ陰で啄木を裏切っていた悪玉である、と主張したくなる。その内容が「節子郁雨不倫論」となる。

「節子郁雨不倫」は客観的事実として存在したものではなくて、光子の心の中では、存在しなければならなかった、ものなのである。

以上のように考察すれば光子が「節子郁雨不倫論」を主張する理由は理解できるものである。この光子の心情の立場に立てば、いつまでも「節子郁雨不倫論」は絶えることなく浮かび上がってくることであろう。

啄木の光子に対する見方は当たっている面もあるが、「友人と結婚させたくない！」などと、啄木は余りに光子を否定的に捉え過ぎていたようにも思える。光子はそんなに能力の低い女性ではないし、根性もあり過ぎる程である。周りの人の接し方次第では人並み以上の力を発揮できたかも知れない。母・カツや啄木の光子に対する愛情のかけ方のほうが問題が大きかったように思える。

二　井上ひさし氏の場合

啄木の歌を読んだとき、読者は心を奪われる。

・砂山《すなやま》の砂《すな》に腹這《はらば》ひ
　初恋《はつこひ》の
　いたみを遠《とほ》くおもひ出《い》づる日《ひ》（「我を愛する歌」『一握の砂』6）

この歌を読んだ読者は、ほとんど誰もが甘く切なかった自分の初恋を思い出す。初恋というものは失恋に終わることが多い。切ない痛みを伴うものである。まるで自分の身代わりになって啄木が詠んでくれたかのようである。

啄木の初恋は失恋ではなかったが、自分の母や節子の父の猛反対に会い、友人たちからも別れてしまえと言われて一緒になった。その歪みが痛い啄木である。読者の痛みとは些か性質が異なるのだが、読者はそこまで考える必要もない。

啄木も自分と同じような心情になったこともあるのだ、と思う。啄木に共感し啄木に慰められ、癒されるのである。

井上ひさし氏の場合を検討してみよう。井上ひさし氏は文筆家として余りに有名である。氏の生い立ち、生育環境、文芸家としての経歴や業績はここでは取り上げないことにする。詳しく検討したい読者は拙著『啄木と郁雨　友情は不滅』（青森文学　二〇〇五年）を参考にしていただきたい。

井上ひさし氏が一九八六年（昭和六十一年）芝居の脚本『泣き虫なまいき石川啄木』、を書いた年に井上ひさしは前夫人・好子氏と離婚となっている。

脚本では光子の「節子郁雨不倫説」をそのまんま取り入れている。

井上ひさし氏が離婚となった状況は、当時の妻・好子氏がその後再婚する人物・西舘督夫氏と不倫の関係にあったことが関係している。つまり、井上ひさし氏は、自分の妻が不倫を犯していながら、その悲しみや苦しみに耐えて生きていることを、啄木の妻・節子が郁雨と不倫をしていることに準えて自分を救い、慰め癒しているのである。

井上ひさし氏の作品の多くの読者の中で、妻に浮気され離婚となった経験のある読者は、「文筆家として名声を博している井上ひさし氏ですら、自分と同じように家庭内の辛さや悲しさを抱えて生きているのだ！　自分も頑張らなければならない！」と慰められ癒されるかも知れない。

そして節子と郁雨が不倫関係でなければ、井上ひさし氏は啄木から救われ慰められ癒されることはないのである。自分の心理状況を自分以外の状況に見る、精神分析でいうところの投影性同一視の典型となっている。

節子と郁雨の不倫関係は、客観的事実ではなくて、ひさし氏が自分を救い慰め癒すために井上ひさし氏が創作したものに他ならない。

なお井上ひさし氏の前夫人・好子氏の名誉のために補足しておくが、井上ひさし氏側の言い分だけで好子氏の不倫を云々するのは一方的である。好子氏は井上ひさし氏のあまりのＤＶ（家庭内暴力）のため命の危険性を感じて西舘督夫氏に救いを求めたという経過がある。詳しくは好子氏（後に西舘代志子氏となった）の著書『修羅の住む家』（はまの出版　一九九八年）や『男たちよ妻を殴って幸せですか？』（早稲田出版　二〇〇二年）に譲ることにする。他には井上ひさし氏と好子氏の子供・石川麻矢氏著の『激突家族　井上家に生まれて』（中央公論社　一九九八年）も参考になるであろう。

これらの参考文献によれば、井上ひさし氏のＤＶは凄まじいもので、妻・好子氏の顔はゴムまりのように腫れあがり、耳と鼻から血が吹き出て、まぶたが腫れて目が見えない、肋骨が折れ、左の鎖骨にひびが入り、鼓膜が破れ……と言った具合である。彼ら元夫婦の三女・石川麻矢は著書『激突家族　井上家に生まれて』で「どうしても筆が進まなくなると追いつめられたひさし氏は好子に当たるしかなくなり、編集者は『好子さん、あと二、三発殴られて下さい』と懇願した。」と書いている。

ＤＶの直接被害者の好子氏が書いたのではなく、娘が書いたものでこんな調子である。井上ひさし氏のＤＶは長期にわたっての常習だったことが推察される。こんな状況に耐えられなくなった好子氏は、西舘督夫氏のもとに走るしかなかった。井上ひさし氏は記者会見などで、好子氏と西舘督夫氏の不倫が離婚の根本原因として離婚について自己を正当化しているが、一般常識的視点から考えれば、井上ひさし氏の暴力が好子氏を西舘督夫氏のほうへ追いやったとしか思えない。

井上ひさし氏は超有名な文筆家である。井上ひさし氏の文筆家の姿勢として「難しいことを分かりやすく、分かりやすいことを深く、深いことを面白く」をモットーとしていることがしばしば言われ、それを高く評価する人も多い。しかしそこには最も大切な「真実」と「品位」というものが抜け落ちていてはなるまい。面白くするために「真実」からかけ離れ「創造」という「捏造」がなされ、同時に「品位」が損なわれ「野卑」ないし「卑俗」に転落してはならない。

野蛮とか下品の最も極まったものは暴力である。井上ひさし氏の筆力はそれなりのものと思われるが、その陰に隠された品性、暴力的で最も野蛮な品性が潜んでいる。井上ひさし氏が「特集啄木の魅力」（『国文学　解釈と鑑賞』二〇〇四年二月号）の座談会で述べている「郁雨は節子と姦通したかった」や「座頭市がいたら郁雨は切られている」は井上ひさし氏のそのような品性の表れであろう。

このような論考をしているのは私だけではない。本書の第二章「明治四十四年四月二十六日啄木日記をどう読むか」でも触れているが、井上ひさし氏らの座談会について、長浜功氏は「これらの人々の品位ときたら呆れてものが言えない。卑しい笑い、小賢しい憶測と鼻持ちならない傲慢な姿勢、彼らに文芸を語る資格はない。」と述べている。

文筆家として高名な井上ひさし氏ではあっても聖人君子ではない。生身の人間としての悩みや悲しみだけでなく、攻撃性や暴力性、弱みや狡猾さも兼ね備えていると考えればわかりやすいが、嘆かわしい、悲しい真実である。

なお私はこのような井上ひさし氏について、二〇〇五年三月発刊の『啄木と郁雨　友情は不滅』（青森文学）で活字化し公開したのだが、何の反応も示すことなくひさし氏は二〇一〇年四月九日に亡くなっている。私が『啄木と郁雨　友情は不滅』を上梓した時は、私に同調してくれる読者がどのくらいいるのか見当もつかなかったが、最近では私の見解を肯定的に評価して下さる方も、また文献として引用していただく方も、前述の長浜功氏のように少しずつ多くなっているようである。最近の論考では、池田功国際啄木学会会長の『石川啄木入門』（桜出版二〇一四年一月）に、井上ひさし氏が書いた戯曲『泣き虫なまいき石川啄木』について詳しくわかりやすく解説している。

井上ひさし氏が書いた芝居のセリフ、啄木が言う「情けない、節子も郁雨も情けない。（急に激して）妻と親友とに裏切られて、この先、僕はどうやって生きて行けばいいんだ。僕は……」というセリフにたいして、池田功氏は「このセリフこそ井上自身のものだったのです。」と述べている。

言うまでもないことだが、井上ひさし氏の私生活上の問題と啄木の私生活の問題とはまったく別物であり、同列に見ることはできない。そんなことをすれば啄木の真の姿から遠ざかるばかりで、啄木の真の理解にはならない。

「節子郁雨不倫論」では、啄木は長い間、郁雨と節子の不倫を気付くことができなかった鈍麻なボンクラな人物になってしまう。啄木の特性はボンクラではなくて、初対面でもその人の人物像を嗅ぎ取ってしまうほどの鋭敏性であろう。また長期間気付いていたが我慢をしていたとすれば、啄木は忍耐強い性格ということになる。ところが、啄木を我慢強い忍耐強い性格であると見る啄木研究家がいたとしたら、その啄木研究家は偽物であろう。何につけても気が短く、すぐに反応するのが啄木なのである。頭の回転が速く、またすぐに行動化するのが啄木なのである。そうでなければ、二十六歳あまりの短い人生であれだけの量の作品を遺すことはできない。また我慢していたということは、啄木はそれと知りつつ妻を親友に金で売っていたことになる。これ程啄木を冒瀆している論考はあるまい。節子と郁雨の名誉ばかりでなく、啄木の名誉をも傷つける論理であろう。真実からかけ離れたこのような論理がまかり通る筈がない。

三　近藤典彦氏の場合

近藤典彦氏は元国際啄木学会会長であり、今は名誉会員である。会長職は辞したものの、アチコチで啄木について講演などを依頼されており、活躍中の未だ現役の啄木研究家である。

ところで氏はあちこちの講演で「節子と郁雨は肉体関係があった」と「節子郁雨不倫論」を展開している。そればかりではなく、節子が久し振りに啄木と同居が始まった東京では、「節子は啄木との性行為を拒否していた」とまで言い始めている。節子が啄木との性行為を拒否していたら明治四十三年十月四日に長男・真一が生まれる筈がないのであるが、何を根拠にそのようなことを話すのか理解に苦しむ。

また近藤典彦氏の言い方は、「自分の論考では、」という言い方でなく、それが客観的事実であり定説となっているかのように話している。そのためある程度啄木についての知識がある人には、それは近藤典彦氏の独断的論考とわかっているが、啄木についての理解がまだ浅い一般聴衆は、それが近藤典彦氏独自の論考と思わずに、それが一般的に認められたこととして理解されてしまう恐れが生じている。近藤典彦氏には元国際啄木学会会長で名誉会員という肩書がついているのでなおさらなのである。

実際には「節子郁雨不倫論」はまだ決着はついていないと考えている研究者は多い。それを「不倫があった」と決着がついたかのような理解が広まることは、見過ごすことはできない。況んや、「節子郁雨不倫否定論」の立場からすれば、黙視することはできないことは読者には了解いただけよう。ましてや「節子郁雨不倫」は光子のでっち上げで、「不倫はなかった」と決着がついていると考えている立場からはなお一層である。

ところで近藤典彦氏の論考は今に始まったことではない。今から二十年以上も前からの近藤典彦氏の持論なのである。

『石川啄木入門』（思文閣出版　平成四年十一月年）より抜粋

九月十日頃事件が突発した。節子宛てに北海道から匿名のラブレターが届き、啄木がそれを見てしまったのである。中に「貴女一人の写真を送ってくれ……」という文句もあり、為替も同封してあったという。差出人は啄木がもっとも安心して心をあずけ、またその金銭的援助をたよりにしていた人、宮崎郁雨であった。啄木の膨大な書簡の中で、郁雨宛のものは本数の多さもさることながら、その文体の闊達さが目をひく。よほど心を開いた相手だったのだ。ところがその友が自分の妻に……。節子にも郁雨にも言い分はあった。しかし親友のうらぎりは啄木にとっては大きなショックだった。啄木は郁雨と絶交する。（ついでにふれておくと、啄木の死後節子は自分一人の写真を撮り郁雨に贈っている。）

『石川啄木入門』は分担執筆で、この部分は近藤典彦氏が担当している。この書き方は光子の主張する「節子郁雨不倫論」のそのまんまの引き写しとなっている。ワープロの時代ならいざ知らず、自筆の時代では筆跡の意味が大きく「匿名」にする意味はない。ラブレターであることを証明するものは光子の書意外に何もない。「写真を送ってくれ……」も光子の記憶によるものであって、それが本当かを証明はできない。（ついでにふれておくと……）は近藤典彦氏の最も狡猾な書き方を意味している。近藤典彦氏はこのことを知った出典を明らかにしていないが、出典は光子の著書『兄啄木の思い出』なのである。

『兄啄木の思い出』（三浦光子著　理論社）より抜粋

節子さんはどういう気持なのか、兄の死後一人で写真をうつし、みんなに配ったが、その一枚は宮崎さんにも届けられているはずである。私もその一枚はもらった。そのとき着ていた着物も、私はよく知っている。そしてその写真が婦人公論の「啄木末期の苦杯」を飾っているあの写真なのだから、私はまことに妙な気持がして仕方がない。

実際は、節子は啄木没後、生前お世話になった人たちへ御礼と近況報告の手紙を書いてそれに自分の近影を同封している。その写真は郁雨ばかりでなく金田一京助にもまた光子にも送られている。「啄木の死後節子は自分一人の写真を撮り郁雨に贈っている」は、部分的事実を書いているが全体的真実を書いてはいない。近藤典彦氏の書き方だと郁雨にだけ贈っていて、節子に郁雨に対する恋情の証明と誤解されるような恣意的操作がされているとしか思えない。

『石川啄木事典』（おうふう）より「宮崎郁雨」の項目より抜粋

………前略………

しかし一九一一年（明44）九月、郁雨が啄木の妻節子に出した恋文が啄木の目に触れ、これがもとで二人は絶交した。

………中略………

晩年には『函館の砂――啄木の歌と私と――』（一九六〇年）を上梓したが、この本には、郁雨の啄木に対する愛憎が、老人の皮膚のしみのように浮き出ている。啄木への敬意と嫌悪・節子への恋慕・絶交をめぐる韜晦と自己弁護等が――啄木の先駆的思想と郁雨の「教育勅語的明治精神」との乖離してきた五〇年の星霜にさらされて――浮き出ているのである。『函館日日新聞』に「歌集『一握の砂』を読む」をつづった青年郁雨と『函館の砂』を著した老人郁雨との間には一見、別人の観さえ覚えさせられる。『函館の砂』は啄木の研究者・愛好者にとっては貴重な一冊であるが著者その人のためにはない方がよかったかもしれない。

この項目は近藤典彦氏が担当して書いている。この文章を読んでわかる通り、筆者・近藤典彦氏は宮崎郁雨という人物を好意的には思っていないことは明らかである。「辞書」「事典」など研究に資する文書には、客観的事実を記載するべきで主観的感情を混ぜるべきではない。その意味ではこの「事典」の品位を落としていると考えられる。

郁雨から節子宛の問題の手紙は郁雨からの節子宛の「恋文」と断定的に書いているが、それは光子の主張の受け売り以外に証明できるものはない。本当の「恋文」ならば、手紙一本でばれるようなことをすることがあまりに不自然とは、近藤典彦氏は思わないらしい。『函館の砂』は、郁雨だけでなく函館時代の啄木周辺の人々についてもよく書かれており、啄木をより理解するための名著であろう。「節子郁雨不倫論者」にとっては都合の悪い書籍なので、「老人の皮膚のしみ」などと高齢者を差別するような用語でケチを付けているのである。

近藤典彦氏には郁雨に対して否定的先入観があり、氏の啄木研究はそれに基づいた発想でなされて来たことは間違いない。先入観のある人には何を言っても無駄であるかも知れない。

先入観を持った人からは、郁雨は緘黙な性格であるが、何も言わなければ言わないと批判され、言えば言ったで、言い訳ばかり、自己弁護ばかり、と批判される。

本当は先入観のほうが問題であろう。近藤典彦氏に、何故郁雨に対する先入観として否定的感情が発生して来たかの検討が必要である。

第一は、それが最も根幹であるが、近藤典彦氏の生活歴に起因するものであろう。


『石川啄木　国家を撃つ者』（近藤典彦著　同時代社）より抜粋

私が受験生だった頃の一九五八年、母子家庭のわが家は貧困の極にあった。ようやく手に入れた米を夜中の一一時に炊いて食べたこともあった。流しつきの八畳一間きりに母と弟妹と五人が暮らしていた。ふとんを敷くと畳はまったく見えなくなった。その部屋で私は高校から帰ると毎日八時間の受験勉強をした。私の机の前には決して拭かれることのない窓ガラスがあった。その向こうに青空が広がっていた。

そんなある日桑原武夫の『一日一言』(岩波新書)をパラパラとめくっていて一つの詩に触れた。

飛行機

見よ、今日も、かの蒼空に
飛行機の高く飛べるを。

給仕づとめの少年が
たまに非番の日曜日、
肺病やみの母親とたつた二人の家にゐて、
ひとりせつせとリイダアの独学をする眼の疲れ……

見よ、今日も、かの蒼空に
飛行機の高く飛べるを。

――
詩は私の魂を貫いた。どんなに深い励ましであったことか。詩の右側にりりしい青年詩人の写真があった。

近藤典彦氏が、貧困の極にあった高校時代に啄木の詩と出会ったことを感動的に述べている。近藤典彦氏はその後東大に入り、一九六四年に卒業している。一九六四年卒業ということは、所謂六十年安保を闘った世代である。学生運動が最も盛り上がった時期と重なっている。学生時代に学生運動のリーダーだった川上徹氏と知り合い、その後川上徹氏が創設した出版会社の同時代社から『石川啄木　国家を撃つ者』が発刊される経過をとり、その後も啄木関係の著書をたくさん著している。

近藤典彦氏が啄木研究に携わるようになって何故、郁雨に対して陰性的な先入観が生まれてしまったのかが問題である。第一の要因としては、近藤典彦氏の貧困の極と無関係ではない。氏のような貧困の極を経験してきた者にとっては、郁雨の啄木に対する対応はあまりに金持ち、裕福であり過ぎる。

郁雨は啄木からの金銭無心に対してほとんど無条件に協力している。ほとんど返される見通しもないのに、要請があれば間をおかず、すぐに即断即決である。さらには要求している訳でもないのに、必要であろうと予測しての提供もあるようである。郁雨には湯水のように遣えるお金があるが如くである。

郁雨のこのような対応は、極貧を経験してきた者の立場から見れば、協力者というよりも嫌味に見えてくる。金の力で啄木を支配しようという魂胆があるのではないか？　金の力で啄木の友人という位置づけを得ているだけなのではないか、つまり友情を金で買っているのではないか？　金銭の提供は他に何か別の意味があるのではないか？　などなど。

このような先入観が発生して疑心暗鬼となっていた時に、光子が「節子郁雨不倫論」をふりまけば「やっぱりそうだったのか」となってしまう。そうなれば「節子郁雨不倫論」に都合の良い資料ばかりが目につき、他の資料は目に入らなくなるのである。そして一度その考えに嵌ってしまうと、蟻地獄に落ちた蟻の如く、そこから抜け出すことができなくなるのである。

第二の要因は、近藤典彦氏に影響を与えたであろう先輩啄木研究者・石井勉次郎の論考である。近藤典彦氏は前述の著書『石川啄木　国家を撃つ者』で石井勉次郎の論考を引用しているが、石井勉次郎は最も過激な「節子郁雨不倫論者」なのである。石井勉次郎の論考が如何に矛盾に満ちたものであるかは、第二章の「明治四十四年四月二十六日日記をどう読むか」を参照願いたいが、そこでは近藤典彦氏の論考は石井勉次郎のまる写しとなっている。

つまり近藤典彦氏に節子郁雨の関係に対して、特に郁雨に対する陰性感情が先入観として強くあって、石井勉次郎の論考はそれを補強させるのに最も相応しい内容であった。そのため石井勉次郎の論考に飛びついたものであろう。

郁雨に対する陰性な先入観と石井勉次郎の論考が結びついてしまえば、「節子郁雨不倫論」の堝に嵌ってしまい、そこから這い出ることは容易ではなくなることが理解されてくる。

なお、近藤典彦氏のパーソナリティーについて面白い話がある。啄木のある研究テーマについて、発表者の発表時間が二十分だったことに対して近藤典彦氏の反論は一時間にも及んだという。徹底しないと気が済まない性質なのであろう。その意見対立は六年以上の時間をかけて結局は近藤典彦氏が発表者の論考を認めることになったという。執着心は強いが、自分に納得が行けば自説に執着することはない人のようである。そうでなければ真の研究者ではない。

四　山下多恵子氏の場合

三浦光子、井上ひさし、近藤典彦氏、これら三人がコントロールのない剛速球投手ならば、山下多恵子氏はコーナーを突くのが巧い、制球力に抜きんでた軟投技巧派投手に準えられる。制球力のない投手は自滅することがあり、打ち込むことは容易である。しかし制球力の良い軟投技巧派投手を打ち込むのは容易ではない。

ところで世の中には善意の塊のような人もいる。どんな人でも先ず善意で解釈する。特に啄木愛好者となり、さらに啄木研究者となれば、啄木に関わる人物は、みんな良い人であり、基本的に悪い人はいない、という考えから出発する。

啄木、節子、郁雨、に絡んだ問題はあったのだが、誰も悪くない、と考えたい。光子も啄木の妹なのだから悪く考えたくない。その結果、光子のいうような節子と郁雨の恋愛関係はあったのだが、それを光子のように糾弾するのでなく、許容してもいいじゃないか、という配慮ある論考が生まれる。

光子が怒るのを認めた上で、つまり「節子と郁雨の不倫があった」と考えた上で、節子は啄木のためにあんなに苦労をしてきたのであるし、郁雨も啄木のために物心両面で絶大な協力をしてきたのだから、そんなに怒らないように、と光子をなだめにかかるような姿勢が生まれてくる。光子はクリスチャンとして厳格な姿勢から糾弾しているのであって、並みの人々の感覚では許容してやってもいいのではないか？ ということにもなって来る。

啄木に対してもほぼ同じで、節子と郁雨が惹かれ合うことは経緯からしてあり得ることであり、またそうなった原因には、啄木が節子を郁雨に預けて放置しておいたなどの行為が問題発生の遠因としてもあるのだから、怒るだけでなく啄木も反省しなければならない、ということになる。

この論調でいけば、誰も悪い人はいなくなる。みんな善意の人のように見えてくる。しかしながら、誰も悪くない、などということがあり得るであろうか。善意の衣で包んで、真実が隠されることにならないだろうか？

私の論考では、節子と郁雨の間に肉体関係があったのなら、啄木の怒りや光子の糾弾は当然であり、節子と郁雨が如何に言い訳をしても許せるものではないという考えである。いずれ許さなければならないとしても、僅か三日で許せるものではない。許すまでには苦渋や懊悩の時間がある筈である。節子と郁雨の関係は男性と女性の肉体関係を云々するようなものではなく、郁雨の恋とは言ってもプラトニックな情愛と、節子の郁雨に対して架空の兄を慕うような情愛であって、肉体関係とは無縁の内容であれば、光子の糾弾が間違っていると考える。二つに一つであって、そのどちらかである。

山下多恵子氏の「石川啄木不愉快な事件」に対する論考は、本書の「第七章　郁雨の歌」を参照願いたいが、再掲してみよう。

……郁雨と節子の関係については、かなり接近したものであったという見方と、それに反対する見方がある。筆者が函館で見出した郁雨の歌集（私家版全十冊）に載るこれらの歌は、その疑問への回答ともなるものであろう。……（『啄木と郁雨』一二七頁）

このような書き方はどっちにでも解釈できそうであるが、強いて論考すれば「節子郁雨不倫論」の後押しをしているとも考えられる。その歌だけを取り上げて論考すれば「郁雨の節子に対する恋心」と理解できるからで、そのことを論考の中心的柱と考えるとそのようなことになってくる。

しかし「接近」の内容が、節子と郁雨が肉体関係にあったと考えるか、そうではなくて郁雨のプラトニックな心情と節子の架空の兄を慕うような心情と考えるかで、天と地の開きがでてくる。そして山下多恵子氏自身は論考材料を提供していながら、そのどちらであるかは明言しておらず、読者の判断に任せておられるようである。

そして山下多恵子氏は「節子と郁雨は男女の仲として接近していた」と考える理由を次の四点に集約している。

第一点　郁雨から節子への手紙が存在したこと。

第二点　それを読んで、啄木は節子と離縁しようとまで考えたこと。

第三点　そのことを啄木が丸谷喜市に相談したこと。

第四点　結果的に啄木と郁雨は絶交したこと。

これら四点はすべて啄木の妹・三浦光子の主張に基づくものである。啄木の最も身近にいた人物の証言であれば、それは重視しなければならない。しかし、身近にいたことによる特殊な要因も考えなければならない。山下多恵子氏は自著『啄木と郁雨　友の恋歌矢ぐるまの花』（未知谷）の中で、野口雨情にかかわることで次のように述べている。

　妻だから息子だからいちばん理解しているとは限らない。理解できる部分と、妻ゆえに子ゆえにまた弟子ゆえに盲目になってしまう部分があるだろう。その盲目の部分を第三者が明らかにする必要があると思う。

この視点に立てば、光子の主張などは参考にすることは必要であろうが、身近な人物の主張であるからということでとらわれる必要はまったくない。光子の場合は研究に協力してくれる客観的資料提供者というよりも、光子が何故そのような主張をするのか、という研究の対象者と位置づけたほうが妥当であろう。光子の主張については「第一章　啄木の妹・三浦光子の著をどう読むか」を参照願いたい。

これら四点についての私の論考を展開しておく。

第一点　郁雨から節子への手紙があったこと。

手紙があったことは事実であろう。問題はその内容である。一方的に光子からの情報だけを信ずることはない。

第二点　それを読んで、啄木は節子と離縁しようとまで考えたこと。

これも光子からの情報の受け売りでしかない。啄木が節子と郁雨の仲を男女の接近したものとして疑って激怒して離縁まで考えて、三日で仲直りすることはどう考えても不自然である。

私の論考「節子の身体具合が悪いならば実家に帰って静養するのが一番だ」と郁雨が勧めてきたことに対して節子が「実家には行かない」と言ってくれたので啄木は安心して機嫌を直し、三日で元の仲に戻った、という論考のほうが「三日で仲直り」が自然であり、無理がない。

第三点　そのことを啄木が丸谷喜市に相談したこと。

相談したことは間違いないが、相談の内容の詳細は明らかにはなっていない。またこの時の丸谷喜市はまだ未婚の学生で、男と女のことについての人生経験も浅く、必ずしも状況を正確に把握していたかは疑問が残る。おそらく喜市は啄木の「忠操恐怖症」は感知していなかったと思われる。また丸谷喜市がとった措置が最善であったかどうかもわからない。

第四点　結果的に啄木と郁雨は絶交したこと。

絶交の理由が明らかにはなっていない。節子と郁雨の男女の接近が理由で絶交したという根拠は、光子の主張以外には見当たらない。私の論考、「啄木には『忠操恐怖症』があり、節子を忠操の下に行くことを勧める郁雨とは義絶するしかなかった。」のほうが論考として自然で無理がない。

私のこのような論考を参考にしないで山下多恵子氏の著書だけを読んでいれば、山下多恵子氏の著書は「節子郁雨不倫論」の後押しをしているように思われる。しかしながら、井上ひさし氏や近藤典彦氏の論考と山下多恵子氏の論考との違いも明らかにしておこう。

井上ひさし氏や近藤典彦氏の論考では、郁雨はとんでもない人間にしか見えてこない。郁雨が啄木に接近しているのは、本命は節子であって、啄木は節子の添物としか見えて来ない。郁雨は節子を得るために友人と称して金の力で啄木を縛り付けて節子を奪い取ろうとしている悪辣極まりない人間である。郁雨は啄木の友人としては到底認められない。

そして啄木は郁雨のそんな人間性を長い間見抜けなかったか、見抜いていたが郁雨から金を得るために知らぬ振りをしていた、ということになる。

しかしながら、山下多恵子氏が描く郁雨像はそれとは大きく異なっている。

郁雨が啄木と知り合ったのは、ちょうど郁雨の父・宮崎竹四郎の味噌醸造の商売が軌道に乗り大商人へと成功しつつある時であった。そのため啄木と知り合った時は運よく郁雨の家の経済状況も良くなりつつあった。啄木来函の時期がもう少し前であれば、あれ程の経済援助はできなかったであろう。

新潟から落ち伸びて来た郁雨の父・宮崎竹四郎が商売で成功する前までは貧窮の極であって啄木の貧窮とさして変わらなかった。郁雨の家の経済状態は、元から大相撲のタニマチのような金持ちで道楽に金を使えるような状況ではなかった。

そのために貧窮の極を嘗めて来た父・竹四郎も本州から流れて来た啄木に同情し、息子・郁雨が啄木に経済的援助をしていることを咎めることをせず、暖かく見守っていたのであろう。

郁雨が啄木に惹かれるのは、啄木の妻・節子に心惹かれてのことだけではなくて、郁雨の生活歴にまで遡ってのことにその理由がある。

国際啄木学会理事でもありインターネットブログ「湘南啄木文庫」を主宰している佐藤勝氏は、山下多恵子氏の著書『啄木と郁雨　友の恋歌矢ぐるまのはな』について「山下さんの文章は、郁雨が啄木につくした根底には自分も故郷を追われた人間であったから、ということが大きく影響しているのではないか、という考えもあるようです。」「今回の山下さんの著書には〝人間郁雨〟のすべてが語られている、と私は思いました。」と激賞している。基本的には私も佐藤勝氏の見解に異存はない。

山下多恵子氏は、郁雨の啄木に対する情を明らかにして、井上ひさしや近藤典彦氏らとは異なって、郁雨の啄木や節子に対する心情に深い理解を示している。山下多恵子氏には、郁雨に対して光子や他の二人と異なって、理解のある優しい目があるのである。

しかしながら、佐藤勝氏の見解「〝人間郁雨〟のすべてが語られている、」にはほぼ同意することはできたとしても、完全に同意するという訳にはいかない。山下多恵子氏が『啄木と郁雨友の恋歌矢ぐるまの花』（未知谷）を上梓したのは二〇一〇年九月十五日である。そして山下多恵子氏は参考文献として「歌集『一握の砂』を読む」(1)〜(45)　宮崎郁雨『函館日日新聞』）を紹介しているが、そこでは山下多恵子氏は郁雨と啄木の陽性的内容しか触れていない。読者はそんなものか、と理解するしかない。

ところが国際啄木学会名誉会員で元会長の遊座昭吾氏が郁雨の新聞記事を編纂活字化して

『なみだは重きものにしあるかな　啄木と郁雨』（桜出版）を二〇一〇年十二月一日に上梓している。それ以後は誰でも郁雨の書いた「歌集『一握の砂』を読む」を読むことができるようになった。私の郁雨が書いたものに対する所感は、山下多恵子氏が触れた内容と些か異なっている。

遊座氏が編纂した郁雨の「歌集『一握の砂』を詠む」には、若かりし頃の郁雨の生の声がたくさん掲載されている。その中には肉欲を嫌う郁雨の性格など重要な要素も多く含まれている。それらにも目を通していなければ「〝人間郁雨〟のすべてが語られている」とは言えない。その内容は本書「第八章　郁雨の節子への心情」を参照していただきたい。

ともかくも、山下多恵子氏が述べる郁雨と節子の接近の内容を、郁雨の節子に対するプラトニックな則を越えた恋心とし、郁雨と節子が肉体関係にあったものとして、そうであっても二人を理解しよう、ということになるとどうなるか。そうであった場合は郁雨も節子も切なく辛い心情であろう。その切なく辛い心情も含めてすべてを理解して認めてあげようではないか、となって来る。しかし、そのような理解は郁雨や節子を理解し、支持しているように見えながら、結局のところ、実際的には二人を不倫をするような人間、非倫理的人間、日蔭者にならざるを得ない存在の人間へと押しやるものであろう。啄木が評論「性急な思想」で否定した、夫婦でありながら他の異性との性行為をやむを得ないものとして肯定する思想に追いやるものである。

理解と同情を示しているとしても、このような理解は節子と郁雨が肉体関係にあったという前提での同情である。節子や郁雨にしてみれば、余計なお世話としか感じられないのではないだろうか。肉体関係を云々するようなものではないのに、そのように思われたのでは迷惑なものとなるであろう。理解と同情ではなく、有難迷惑というものになってくる。理解ではなく誤解であり、彼らの清純な心情を傷つけるものである。

郁雨が四十五回にわたって函館日日新聞に書いた「歌集『一握の砂』を読む」によれば、郁雨の愛好する恋は、接吻ですら厭らしいもので、況んや肉体関係を云々するものとはまったく異次元の清純な内容である。恋という言葉を使ってはいるが、肉欲を超越した内容になっている。節子の郁雨への心情も、いわゆる恋でもなく架空の兄を求めるようなもので、やはり肉欲とは異なっている。節子と郁雨の心情は二人だけの個性的な特殊な心情であって、一般論的な肉欲も含んだ恋情と位置付けると、二人の心情からズレた理解になってしまう。そういうところへ肉欲を持ちこまれても受け入れることはできないであろう。

節子と郁雨を、非難したり糾弾しないで、理解しよう、という姿勢は光子らよりはまだましかもしれないが、やはり真実ではない。このような論考は肉欲を完全に否定しない大きなスキがあり、そのスキを突いて節子郁雨不倫論が何度でも再燃してくるであろう。

また郁雨の妻・フキについて、フキは郁雨が姉・節子にばかり向いている郁雨に対して、自分のほうも向いて欲しい、と思っていたであろう、とはあまりにお節介と言うべきであろう。

郁雨とフキの間に歪んだものがあるとは思えないし、それを証明するものは何もない。むしろ郁雨・フキの子供・捷郎らは素直な啄木愛好者となっており、それは郁雨とフキの間に歪みがなかったという証明にもなろう。金田一京助と妻・静江の夫婦に生まれた子供・金田一春彦氏の歪んだ啄木観と比較してもそれは明らかである。この問題については別の論考があるので「啄木外伝2　春彦の中の啄木」（西脇巽『石川啄木東海歌二重歌格論』同時代社　二〇〇七年）を参照願いたい。

山下多恵子氏が節子郁雨接近論の最も根拠にしているものは、郁雨が節子を詠んだ歌であろう。郁雨がこれらの歌を詠んだ時期はよくわからない。詠まれた歌の内容からすれば、啄木の『一握の砂』を読んだ後、さらには節子の最後を看取った後になって、節子を回想して詠んだものと思われる。亡くなってしまった人を偲んで詠めば、しんみりとして涙が多く出る歌となってくるであろう。しかも郁雨は節子の臨終にも立ち会って、節子の最後を見届けているので、回想の内容としては万感の思いが込み上げて来たに違いない。

郁雨は啄木の『一握の砂』の歌の中でも、接吻など肉欲を彷彿とさせるような歌を嫌い、清純な「橘智恵子」を歌った歌を高く評価し好んでいる。郁雨は、啄木の智恵子に対する清純な思慕を、自分の節子に対する思いに準えて節子を偲んで詠んだものであろう。

・君思へば心わりなし啄木が
　智恵子を恋ひしわりなさよりも　（堀合了輔『啄木の妻　節子』洋々社　二七一頁）

（元は私家版郁雨歌集『厚誼の下陰』九頁に所収）

啄木の智恵子への思いと、自分の節子へ思いを並べて、思いの清純さを比較しているようである。

山下多恵子氏は「ふたりは、いつしか長年の友人のようであった。」と結論づけており、それなりに救われるのであるが、もともと二人の関係は性欲が介在するような恋愛関係ではなかった、と考えるほうが自然であろう。いつしかの前は肉欲を含む恋情であり、いつしかの後は肉欲が消滅した友情に変質したと論考するのは如何なものか。節子没後に節子を追想して詠んだ歌には、郁雨特有のプラトニック・ラブが、時を経過してもなお変質せずに郁雨の心情に見ることができると私には思われるのだが。

五　長浜功氏の論考

長浜功氏は「節子郁雨不倫論者」ではない。

なお、さらにこの問題の詳細な顛末を知りたいという読者の方には西脇巽の『啄木と郁雨　友情は不滅』（青森文学会　二〇〇五年）をお薦めしたい。資料に基づいた氏独特の視点と歯に衣着せずに語る率直な論旨の展開は他の啄木研究者を寄せ付けない迫力がある。

（長浜功『石川啄木という生き方』社会評論社　二〇〇九年）

と私の論考を紹介している。

また、同氏の最新の啄木著書「『啄木日記』公刊過程の真相」（社会評論社　二〇一三年）では不倫を肯定する井上ひさしや近藤典彦氏らを厳しく糾弾し、不倫否定論者の私に対して力強い応援となっている。

しかし、長浜氏功氏は私とまったく同じ論考を展開している訳でもない。

長浜功氏の論考は次のようなものである。


そして郁雨自身は京子が重態に陥ったとき、節子と二人で不眠の看病をした同志だ。夫以上の間柄という自負があってもおかしくない。郁雨と節子二人の関係はありきたりな関係ではなく、いわば夫婦以上親子以下に譬えられるだろう。しかしそういう感情は北の地で修羅場をくぐり抜けた〝戦友同志〟だけのものであって、この感情を啄木は共有することが出来なかったから、「美瑛の野より」という匿名に一瞬ついて行く事が出来なかった。そこで数日〝すねて〟見せたのである。ただ、啄木は節子と郁雨が自分より強い〝戦友同志〟という強い絆で結ばれていることを知り、それが許せなかったのであろう。夫婦で共有すべき世界に自分が存在していない！　郁雨は悪人ではないし、善人であることは云うまでもない。しかし自分が座るべきところに郁雨が座りかけている、これは啄木の矜持が許せない事だった。悪人ではないが郁雨にそこにいられると自分の居場所がなくなる、どうすればよいか。選択できる道は一つ。郁雨にその場から出て行ってもらうこと、これである。

（『石川啄木という生き方』前掲書）

長浜功氏の論考では、男女の色恋という次元の問題ではなくて、郁雨の存在が啄木にとって代わられようとしていることを柱としている。啄木の「忠操恐怖症」や「郁雨が節子を詠んだ歌」については触れておらず、重視していないようである。

六　各人の主張や論考の要約

三浦光子説

節子郁雨不倫説の言い出しっぺ。郁雨が自分に先に求婚していたことは知らなかったことと主張。

石井勉次郎説

啄木研究者として最も厳しく烈しく郁雨を糾弾。根拠としては明治四十四年四月二十六日の啄木日記を重視。

井上ひさし説

自身の離婚体験を投影。

近藤典彦説

石井勉次郎説を踏襲。また自分自身の貧窮体験を投影。郁雨の啄木に対する友情を評価せず。また当然のことながら啄木の妻・節子をも評価せず。

山下多恵子説

郁雨が節子を詠んだ歌を重視。郁雨と節子とは男女の関係という意味で接近していた。啄木はそれに激怒して郁雨と義絶した。他方では郁雨の啄木に対する友情を高く評価。また啄木の妻・節子に対して共感的心情を寄せている。終局的には郁雨と節子は男女間の愛情から人としての友情に変化していると主張。啄木の「忠操恐怖症」は西脇巽説程には重く見ていない。

西脇巽説

啄木には重篤な「忠操恐怖症」があり、郁雨がそれに気遣いしないで節子に実家に帰ることを唆したため啄木が怒ってしまった。郁雨の節子に対する恋情はプラトニックなもので男女間の性欲を含む恋情を超越している。啄木の橘智恵子に対する敬慕に近い性質のもので節子の晩年ないし死後も変わっていない。啄木は郁雨と義絶したが仲直りを望んでいた。

長浜功説

「忠操恐怖症」にも郁雨が節子を詠んだ歌にも触れていない。男女の色恋の問題ではなく、郁雨の存在が次第に大きくなり啄木にとって代わられる程になった。そのため啄木にとっては郁雨に消えてもらうしかなかった。啄木が仲直りを望んでいたことにも触れていない。

まとめ

長浜功氏は「節子郁雨不倫論者」について自著『石川啄木という生き方』(社会評論社前掲書)で「俗に『蟹は己の甲羅に合わせて穴を掘る』という。この問題はその類に過ぎない。」と述べている。蟹は自分の甲羅の大きさの穴しか掘れない、転じてその人物の人間としてのスケールのことしかできない、という意味になる。つまり不倫論者はその程度の人間でしかない、と批判している。

私の所感を述べておこう。

人は誰でも共感を求める本質的性質がある。自分が美しいと思ったものは他の人も美しいと感ずるであろうと思う。ある食べ物を自分が美味しいと思ったものは、他の人も美味しいと感ずる筈と思う。自分は美味しいと思わないが、あいつだったら美味しいと思うかも知れないから勧めてみようか、とはならない。

自分がもし郁雨の立場だったら、節子と肉体的に抱き合いたい、と思う人は、郁雨は節子と姦通したい、と思っていた筈だと思う。精神的な敬慕よりも肉欲のほうが強い人もそう思うであろう。思ってはいても行動に移せない勇気のない人は、郁雨もそうではないか、と思う。人は自分を標準にして考えるものである。

そのため、肉欲の強い人に対して、郁雨はそのような人ではない、といくら説得しても無駄である。その人の肉欲の強いところを矯正しなければ受け入れることはできない。逆に肉欲よりも精神的なものを重視する人は、節子郁雨不倫論を受け入れることはできない。

実際には肉欲の強い人、それほどでもない人、肉欲を嫌う人、勇気や行動力のある人やない人、世の中には様々な人がいるであろう。だから自分を標準に考えるとその人の数だけ色々の考えが生まれる。その意味で「節子郁雨不倫論」は完全に消えることはないかも知れない。

啄木が好きで、趣味趣向で啄木に対応するのはその人の勝手である。自分の趣向に合わせた啄木理解、啄木受容で何ら問題はない。しかし卑しくも啄木を研究する視点に立てば、あまりに主観的立場は如何なものか疑問に思える。やはり主観的論考は排するべきで、客観的事実に基づく論考が必要である。

ところで郁雨はどんな人物なのであろうか、郁雨は肉欲が強い人なのかどうか、女性に対して積極的行動的な性格なのかどうかが問題である。郁雨が肉欲の強い、女性に対して積極的行動的性格の人間であれば、不倫論も妥当性があるかも知れない。

啄木は明治四十四年八月三十一日付郁雨宛手紙で「同僚が夜になると皆『女』に走る時に君が一人居残ってゐるといふ所を……」と書いている。郁雨が旭川の陸軍第七師団に入営していた時に、夜になると同僚がみんな女遊びに出かけるのに、郁雨だけは一人残って女遊びに行ってない。郁雨は女遊びをしないでその分の俸給を啄木に送っているのである。

この手紙からも、郁雨の性格として肉欲がそんなに強くないことや、女性に対して積極的行動的ではないことが知れる。そのことを啄木が良く知っていたことも手紙で明らかである。また、前述の郁雨の「恋」と「接吻」を切り離しておきたい心情などをはじめ、諸々の情報を整理して勘案すれば、さらには郁雨が言ったり書いたりしている内容だけでなく、郁雨のとっている行動を見れば、私の論考では、節子と郁雨の間には「肉欲」のカケラさえも感知することは出来ないのである。

西脇 巽『石川啄木 不愉快な事件の真実』解説

岩手大学名誉教授・前国際啄木学会会長　望月善次

〈忠操恐怖症〉という「仮説」の力
～快男児の渾身はどこまで行けるだろうか～

Ⅰ　はじめに：快男児、渾身の書

西脇巽、一九四二年生まれ、解説者（評者）と同年の好漢である。

とにかく、その筆力が凄まじい。

石川啄木関係に限っても、次ページに挙げた7冊があるし、他にも10冊を超える精神医療に関する著書も含め、単行本の範囲でも22冊に渡る著書がある。

『石川啄木 悲哀の源泉』（同時代社 二〇〇二年）
『石川啄木 矛盾の心世界』（同時代社 二〇〇三年）
『石川啄木 骨肉の怨』（同時代社 二〇〇四年）
『石川啄木 東海歌の謎』（同時代社 二〇〇四年）
『啄木と郁雨 友情は不滅』（文芸図書／青森文学会 二〇〇五年）
『石川啄木の友人―京助、雨情、郁雨』（同時代社 二〇〇六年）
『石川啄木 東海歌二重歌格論』（同時代社 二〇〇七年）

これだけでもトンデモナイことなのに、今回も本書の他に『石川啄木 若者へのメッセージ』、『石川啄木 旅日記』の二冊が同時に出版されると聞く。

この凄まじいまでの叙述が、多忙を極める生業の精神科医（「青森保健生活協同組合 生協さくら病院名誉院長）の傍らから生み出されているのだから、恐れ入るしかない。しかも、その生活信条、政治的姿勢は、高等学校時代の生徒会長から始まって、学生運動以降も一貫しており［三度の青森市長選立候補体験はその象徴である。西脇巽『青森市長選奮戦記』（こころざし出版 一九八九年）も参照されたい］、ノンポリの評者など腰が退けるほどである。加えるに、その バスの美声で「ドクターズ・ヨッチミラー合唱団」を率いたりもしているので、この快男児の行く先はどうなるのであろうかと舌を巻かざるを得ない。

そうした氏の業績の中でも、本書は際立つ位置を占めるものとなるのではないかと思う。啄木の所謂「不愉快な事件」（明治四十四年九月十六日　啄木書簡：妹三浦光子宛書簡）［『石川啄木全集　第七巻　書簡』（筑摩書房、一九七四年）三六八頁～三六九頁　書簡番号「四五八」］を巡って、従来の諸説を整理して、この問題に関する氏の総括的叙述となっているからである。「快男児の渾身の書」と呼ぶに躊躇しない。

Ⅱ 「不愉快な事件」の概要

西脇説の具体に言及する前に、次の文献により「不愉快な事件」についての一応の整理をしておこう。

明治四十四年九月十六日　啄木妹三浦光子宛書簡（前掲）
三浦光子「（石川啄木追悼号　その一～四）兄啄木のことども（一～六）」、『九州日日』（大正十二年四月十～十三日）
三浦光子『悲しき兄啄木』（初音書房　一九四八年）
三浦光子『兄啄木の思い出』（理論社　一九六四年）
阿部たつを「丸谷喜市氏との往復書簡」（昭和四十三年五月六日　擱筆）、『新編　啄木と郁雨』（洋洋社、昭和五十二年）九四～一一三頁。同じ内容のものが、大阪啄木会誌『（季刊）あしあと』（昭和四十四年四月）に掲載された。ただし、表記の揺れもあるので宮守計『晩年の石川啄木』（冬樹社　昭和四十七年）も参照した。

先に結論を述べておくと、後にも述べるように、郁雨書簡の内容については、今日においては確認する術がない。当時の啄木の発言、それを聞いた光子、啄木から相談をされた時、該当書簡を一瞥に止めた丸谷喜市の文章が、第一次資料の全てだと言って良く、今日においては、郁雨書簡の具体的内容の断定は困難だと言わざるを得ないからである。

書簡内容に関する揺れのいくつかを挙げてみよう。

例えば、啄木が問題の手紙を手にしたのは、三浦資料では、その頃、離婚相談などで石川家に来ていて、偶々その書簡を受け取ることになった啄木の姪イネが、節子が不在であったため、その封書を啄木に手渡したことになっているが、丸谷資料では、啄木自身の言として「一両日前のことだが、節子が僕に隠く《ママ》して、手紙か何かを懐にしてゐ《ママ》る様子に気がついたので、強く詰問すると『宮崎さんが私と一緒に死にたいなど……』と云っ《ママ》て、取り出したのが之なんだ」〔阿部前掲書　一〇五頁〕となっている。また、光子は手紙の内容として「『貴女一人の写真を撮って送ってくれ……』といったことが書いてあった。」というが、続いて「そのほかどんなことが書いてあったか、私に知らせるどころの見幕ではない。」〔三浦光子『兄啄木の思い出』一一七頁〕となっていて、この点でも微妙なズレを起こしている。なお、この引用からも光子のほうは、手紙の実際を見てはいないことは明瞭だが、丸谷にも「これで問題の核心がわかっ《ママ》たので、それ以上に手紙を読む必要はないと、私は思っ《ママ》た。ひとつには、よその他人の手紙は成るべく読まないと言ふことが、私の方針であっ《ママ》たからである」［阿部前掲書　一〇五～一〇六頁］の言があり、上述したことを繰り返すことになるが、丸谷のほうも手紙の内容の具体については承知していないとして良いであろう。

以上を踏まえながらのことであるが、「事件」は、一応は次のように整理できるであろう。

「不愉快な事件」とは、上記啄木書簡の文言で、具体的には明治四十四年九月十日頃起こった事件である。

啄木一家は当時、終焉の地となる小石川久堅町に前月の八月に引っ越していた。

その日「美瑛の野より」と記された（光子資料では「匿名」、丸谷喜市の記憶では、「パーソナル・ネーム修」）節子宛の封書が届く（丸谷は、筆跡から宮崎郁雨であることは明白だったという）。封書を開いた啄木は、その内容に激怒する。（光子資料では、上述のように「あなた一人の写真を送っ《ママ》てくれ。」などの言があったらしく、為替が入っていたとされる。）

啄木は、妹光子を呼び激怒の様を叩きつけ、後、帰宅した節子を叱責。（節子は髪を短く切る。）しかし、光子の証言では、数日後には、二人の仲は元に戻ったという。

啄木は、この事態を、その月の中旬に来宅した丸谷に相談。（丸谷は九月初旬、郷里函館から戻り、その足で啄木宅を訪問していたから、この月再度の訪問となる。）

丸谷は、上述のように対応したが，その際、丸谷は、両三日の猶予を要請し、啄木には、「平穏に起居する」ことを求め、節子には、その翌日「どうか、本来の御夫妻」に帰って貰いたいという趣旨の書簡を出す。

また、丸谷は、郁雨には次の内容の書簡を出す（「美瑛より石川夫人への、貴状を啄木から示された。夫人に対する君のこころ及び君の在り方は Platonic なものと思ふが、それにしても、このまま石川家との交際乃至文通を続けることは、結局、啄木夫妻の生活を危機に陥らしめる虞があるから、今后、婦人および同家との交際ないし文通は止めて欲しい」）

郁雨からは「フミミタ、キミノゲンニフクス」との電報が来る。（後に郁雨からの書簡も届くが、内容は同趣旨のものであったと、丸谷は言う。）

丸谷は、啄木、節子に、ことの経過を踏まえて報告し、二人とも了解したと言う。

啄木は、光子に書簡を出す。「お前の知つてゐるあの不愉快な事件も昨夜になつてどうやらキマリがついた、家に置く、然し、この事についてもう決して手紙などにかいてよこしてくれるな、」［上述書簡「四五八」「不愉快な事件」書簡（明治四十四年九月十六日）］

なお、光子は「私は学校から二学期のため準備もあるから早く帰って休養しなさい、と言ってきたので、九月十四日に出発、名古屋に帰ったのだが、その朝などは、外見はもういつもの仲のよい夫婦になっていた。」［三浦光子『兄啄木の思い出』一二〇頁］としているが、啄木書簡では、「お前の立つた翌日乃ち一昨日昼頃京子が……」とあり、この書簡は九月十六日付けであるので、啄木書簡の「一昨日」は「十四日」となるから、光子の発ったのは「十三日」ということになり、両者の間に揺れが発生している。

こうした経緯からどのような論点が取り出せ、西脇仮説はどのように有効に働くのであろうか。

一　書簡内容の不確かさ

評者整理の冒頭にも述べたが、第一の問題点は、該当郁雨書簡の正確な内容が分からないことである。

そして、今日においては（今のところ明らかになっている資料の範囲では、と言い換えても良い。）それを確かめる手立てがないということである。

本問題に対していかなる立場に立とうとも、この事実の前には謙虚にならざるを得ないのだということが第一の留意点であろう。

我等が西脇巽説においても、その例外たることは許されないのである。

二　啄木の激怒した理由

第一の点が明らかでないのだから、「啄木の激怒した理由」についての各論者の設定する論点はいずれも、「仮説」の範囲にとどまることになろう。〈忠操恐怖症〉という西脇仮説は、後にも述べるように、一考に値するものであり、十分に傾聴に値する、というのが評者の立場である。しかし、これまた、あくまで「仮説」の一つであることを踏まえての上のことである。

三 「不貞」問題

節子と郁雨の間は「不義・不貞」に相当するか。「不義・不貞」かは、問題ではないとする次の石井勉次郎のような立場もある。

おまけに、啄木という天才的個性にとって、「妻」はもともと孤立化の運命におかれていたといえる。啄木の全生涯を検討してみるがいい。夫婦愛の絶対的感情を基盤とした浪漫主義時代においてすら、日常的次元では、現実の「妻」が彼の精神界の協労者たることはできず、常に貧しく家庭内に放置されていたのである。これが避くべからざる啄木夫妻の、現実生活下のありようであった。だから、そういう事情をふまえて言えば、逆に、郁雨と節子は、同次元的人間存在として、何時でも密着できる等質性を具えていたわけだ。この観点に立てば、「貞操問題」とか「不貞」とかいう封建的モラルによって、それを征伐しようとする態度は非人間的だといえなくはない。「貞婦」に祭上げる浪曲趣味も同様である。第一、肉体関係の有無に論点をしぼるような問題のとらえかたは、スキャンダルの取扱い

> としては面白かろうが、啄木の受けた打撃の性質を考えようとする者にとっては、ほとんど無意味に近い。プラトニックであったにしろ、不貞であったにしろ、要するに、この三角関係の悲劇が発生することなくして、啄木の文学と思想は、きびしく、地上に根を下《ママ》すことができなかっただろう、という点こそ、重要問題なのである。
>
> 〔傍線＝望月／石井勉次郎『私伝石川啄木』（桜楓社　昭和四十九年）九十九頁〕

「三角関係の悲劇」の内実を詰める必要があろうが、私見では傍線部こそが「重要問題」だとするか否かは論者による幅があろう。（評者には、この断定は強すぎると思える。石井の言に即して言えば、この事件を契機として「啄木の文学と思想とが、きびしく地上に根を下ろした」ことを実証することが求められることになろう。）

次に示す丸谷の説くところが、穏当なところだというのが評者の立場である。

> ところで、ひとつだけ書きとどめて置かなければならないことがある。ほかではない。啄木は其の際、郁雨と私との間に交換された書簡中のプラトーニックと言ふ言葉を取りあげて、『その点は僕も疑はないよ』と言つたことである。その時の彼の声を、私は今なほ、はつきりと思ひ起こすことが出来る。……プラトーニック云々については、上述のよう《ママ》に、郁雨はこれを肯定し、啄木もそれを疑わ《ママ》ないと明言した。周囲の事情、および郁雨の性格

に鑑みて、私には初めから予想されたことであるが、それが二人によつて、はつきりと肯定されたことを、私は深く当事者のために喜ぶものである。

或る人々は、プラトーニックか否かは問題ではないと言ふ、それも、ひとつの考へ方であろう。私はその高度に理想主義的な態度を多とするものであるが、世間の常識はいくらか之と違つた判断をするのではないかと思ふ。

> 世間には主題たる事件に関して「不貞」といふ言葉を用ひる人もあるが、これは聊か反省を要することだと思ふ。およそ不貞といふ言葉は、プラトーニックの線を越えた場合を指すもので、超えない場合は其のうちに含まれないと見るのが良識だと考へるからである。
> 〔本書（西脇）一一八～一一九頁／阿部　一〇七～一〇九頁〕

いずれにしても、節子・郁雨の関係は「不義・不貞」に相当したか否かは、（石井のように、その区別は必要がないのだとすることも含め）各論者の明らかにしなければならない点であろう。

西脇強調点の一つは、「不義・不貞」の否定であるが、評者もそうした意味では否定説に同意する者であることを付け加えておこう。

Ⅲ　西脇説の見るべき点

既にその一部に言及もしているが、西脇説の見るべき点について四点を挙げたい。

Ⅲ―1　郁雨・節子（不義・不貞）問題決着への強い意思表示

第一は、全編に漲る「郁雨・節子（不義・不貞）問題」決着への強い意思表示である。評者など、この問題に文章をもっての発言をしていない一人であるが、啄木（特にその伝記）研究にとって、この問題は確かに避けて通れない論点の一つであろう。西脇発言によって、啄木研究に携わる者はその賛否を越えて、この問題に関わらずにはいられなくなったのである。（かく言う、評者もその一人であり、このような「解説」めいた一文を草す羽目になっているのである。）

Ⅲ―2　精神科医としての知見

第二は、その精神科医としての知見である。

啄木（第二章、第三章等）、節子（第三章等）、光子（第三章等）、郁雨（第三章、第五章等）、堀合忠操（第五章、第六章等）、井上ひさし（第十章）、近藤典彦（第十章）には、神科医としての知見に基づいていて、これ等の人物が、精神科医としての知見からすれば、一般的に、どうした立場にあると言えるかを示している。（近藤典彦分析等、一部に適用範囲を越えたり、図式的過ぎるかと思う解釈ではないかと思われる点もあるが）こうした知見は、啄木研究では余り蓄積のない部分であり、西脇提案は今後の叩き台となり得るものであろう。

Ⅲ―3　〈忠操恐怖症〉

西脇提案の最も見るべきものは、〈忠操恐怖症〉であろう。この〈忠操恐怖症〉は、西脇説としては、既に説かれていたもの［西脇巽『啄木と郁雨　友情は不滅』（青森文学会　二〇〇五年）等］ではあるが、本書ではそれを整理し、一層徹底させたものとなっている。この仮説（アイディア）のみを取り上げても、本書は啄木研究の上に一定の存在価値を持つものとなろう。西脇の〈忠操恐怖症〉説提出の契機は、「不愉快な事件」が、仮に「不義・不貞」であったとすれば、その状況にある啄木・節子夫婦が数日で仲直りできることなど在り得ないとする点にある。言葉を変えて言えば、〈忠操恐怖症〉を否定する論者は、啄木・節子が数日で仲直りできるような「不愉快な事件」とはどうした「事件」であるかを示さねばならないということにもなろう。（丸谷や郁雨の言に「プラトーニック」云々の言があるが、この論点への対処は、〈忠操恐怖症〉の苦しいところであろうか。）しかし、上述したように、郁雨該当書簡の内実を確かめ得ない現状においては、〈忠操恐怖症〉は、あくまでも〈有力な「仮説・アイディア」〉の位置を占めるものという評者の立場を繰り返しておこう。

Ⅲ―4　身内の喧嘩と仲直り

第九章「喧嘩と仲直り」も傾聴に値する論点である。「不愉快な事件」を「身内の喧嘩」だとし、啄木も、その仲直りを願っていたのであり、その証拠が「買ひおきし／薬つきたる朝に来し／□友のなさけの為替のかなしさ。」（『悲しき玩具』187」を、歌集『悲しき玩具』から外さず、残したのだとする説も聞くべき「仮説・アイディア」の一つである。

Ⅳ　本書の文体

所謂「研究」においては、三種の文体があるというのが評者年来の主張である。「学術論文／評論／随筆（文芸作品）」の三種である。

この区分けに基づく簡単な定義めいたものを示すと次のようになる。

「学術論文」＝先行研究を踏まえ、自説の新しさを「論文的文体」によって示したもの。

「評論」＝論者の「主張」を訴えようとするもの。「主張の強さ」がその生命線であり、先行研究を示すことも多いが、その利用は論者に任されている。

「随筆」＝文芸作品である。先行研究の利用、文体には特に制限はない。

また、当然のことではあるが、「この三種には、それぞれ固有の価値があり、それぞれの間に優劣はない。」というのも評者の強調点である。（このうち、広義の「論文（研究）」には、「学術論文」・「評論」が入り、狭義の「論文（研究）」は、「学術論文」を指すことになろう。）三者の固有の価値の競合が、対象世界を豊かなものとするのである。評者は、大学に生業を得ていた期間が短くなかったから、「学術論文」の世界との付き合いが長かった。本解説では、その立場からの物言いを加え、「快男児の渾身の世界」を、より豊かな世界とすることに貢献したいと思う。

さて、「三種の文体」に戻れば、本書は、「評論」に属するものである。

近接した文章での「筆者」と「私」の混用（「筆者は啄木研究に取り組み始めて……私の当初の直観でも……」（一二頁他））や、散見される俗語的表現（「謎にぶち当たってしまった。」（一二頁／以下、傍線は望月）、「父は啄木の天才にあおられてはいても」（二五頁）、「カツは身内である娘の光子には京助にぶちまけた以上にぶちまけたことが推察される。」（五四頁）、「近藤典彦氏は……喋りまくっており、」（八〇頁）、「光子と節子は丁度ウマが合う。」（一〇三頁）、「郁雨宛の手紙でも……チョロッと付け加えたりしているのである。」（一八七頁）、「見てくれだけではない真の女性らしさ」（一八九頁）、「節子郁雨不倫論は啄木の妹・三浦光子が言い出しっぺである。」（二一六頁）等々」などがその証左である。

なお、付け加えれば、本書が八三＆二五〇頁で引いている「蟹は己の甲羅に合わせて穴を掘る」［本書の引用は、長浜功『石川啄木という生き方―二十六歳と二ケ月の生涯』（社会評論社二〇〇九年）二四二頁によるものであろう。］も、本書で言うように「自分がもし郁雨の立場だったら、節子と肉体的に抱き合いたい、と思う人は、郁雨は節子と姦通したい、と思っていた筈だと思う。精神的な敬慕よりも肉欲のほうが強い人もそう思うであろう。思っていても行動に移せない勇気のない人は郁雨もそうではないか、と思う。人は自分を標準にして考えるものである。」（本書　二五〇頁）とは、必ずしも言えぬであろう。人は、自分を標準にして考えるものであっても、それだからこそ、自身と反対のことを選択することも少なくないからである。近代批評は、W・K・Wimsatt Jr.のあの「Intentional Fallacy（作品解釈において作家の意図を絶対とする誤り）」〔W.K.Wimsatt Jr. "The Intentional Fallacy"(1946), The Verbal Icon (Univ. of Kentucky Press, 1967), p.3〕から始まったのだとする評者としては、「自身の思いがそのまま行動に結び付く」という直線的な解釈には組し難いのである。

いずれにしても、以上指摘して来たような、西脇表現は、「学術論文」としては違和感を残すものとなるが、「評論」においては、文章に或る種の活力を与え、その著者らしさ、つまり、「西脇巽らしさ」を演出もするものとなっているのである。

V 「評論」と「学術的論文」の処理の差異二例

論文等に関する「学術論文／評論／随筆（文芸作品）」の三区分は、評者年来の主張であるが、必ずしも多くの人に認知されているわけではないので、両者は実際の文章としてどのような違いになるかの具体例を二例示すことにしよう。

V—1　例1　光子の自説に関する文章についての補注

光子は、次のように自説を展開していると言う（本書　一一頁）。

光子は、大正十三年（一九二四年）「兄啄木のことども」（九州日日新聞）、昭和二年（一九二七年）「兄啄木の思出」（九州日報）、昭和四年（一九二九年）「兄啄木の思ひ出」（因伯書報）、昭和五年（一九三〇年）「兄啄木の思ひ出」（呼子と口笛）で自説を展開するのだが、大きな反響を呼ぶことはなかった。

この「評論的」文章に「学術論文的」文章で、コメントを加えると次のようになろう。

右の西脇文章は、列挙している文献が似通っている点から、阿部たつを『新編　啄木と郁雨』（洋洋社、昭和五十二年五月）の次の文章に拠っていると思われる。

角川書店の近代文学講座の「石川啄木」（昭和三十五年四月刊）の「石川啄木参考文献目録」によると光子さんの書いたものは左の如くである。

兄啄木のことども「九州日日新聞」大十三・四／兄啄木の思出「九州日報」昭二・四／兄啄木の思ひ出「因伯書報」、昭四・三／悲しき兄啄木　初音書房刊　昭二三・一右の中に落ちて居るが、左のごときものもある。

兄啄木の思ひ出「呼子と口笛）」昭五・八― 昭六・三〔阿部前掲書　四九頁〕

また、同書の次の文章にも拠っていよう。

光子さん自身「悲しき兄啄木」の中で「兄に関して私の発表したものは、熊本の放送局の外は、長崎に居た時と、阿蘇の短歌会で九州新聞の記者後藤見《ママ》山氏から依頼されて書いたもの」と「呼子と口笛」に書いたもの位であると云っている。

〔阿部前掲書　五〇頁。「後藤見山」は、「後藤是山」〕

『悲しき兄啄木』における光子の言の実際は、次のようになっていた。

兄に関して私の発表したものは、熊本の放送局のほか、長崎居住の頃と、阿蘇の短歌会で九州新聞記者後藤是山さんから依頼されて書いたもの、それとこの文のはじめに書きかえてだした「呼子と口笛」に書いたもののくらいのものである。〔三浦光子前掲書　一四五頁〕

ところで、阿部の挙げている「石川啄木」（昭和三十五年四月刊）の「石川啄木参考文献目録」は、正確には次のようなものである。

「石川啄木参考文献目録」、中野重治・窪川鶴次郎編『近代文学鑑賞講座　第八巻　石川啄木』（角川書店、昭和三十五年）三二九〜三五〇頁。

また、該当部分は、「3　新聞・雑誌・論文集に所収のもの」（三三三〜三五〇頁）に相当し、阿部の引用した部分は、三三三〜三三四頁に掲載されている。

なお、昭和二年（一九二七年）「兄啄木の思出」（九州日報）の論題は「兄啄木の想出」であり、兄啄木の想ひ出「因伯書報」、昭四・三の所収資料は『因伯時報』（一九三九年に『鳥取新報』、『山陰日日』と共に『日本海新聞』となる。）である。また、『九州日日新聞』は、昭和十七年に『九州新聞』と共に『熊本日日新聞』に、『九州日報』は、同じく昭和十七年に『福岡日日』と共に『西日本新聞』となっている。

必要箇所を補足しながら、発表順に整理し直すと次のようになろう。（従来の叙述が、必ずしも正確ではないので、資料的な意味も込め、少し丁寧に記している箇所もある。）

兄啄木のことども『九州日日新聞』（大正十三年四月十〜十三日）
三浦光子「兄啄木のことども　一、慕郷のうたびと」、「石川啄木追悼号　その一」（大正十三年四月十日）
三浦光子「兄啄木のことども　二、戦の人啄木／三　反逆―革命」、「石川啄木追悼号　その二」（大正十三年四月十一日）
三浦光子「兄啄木のことども　四、民衆詩人」、「石川啄木追悼号　その三」（大正十三年四月十二日）
三浦光子「兄啄木のことども　五、枯木の如く逝きし啄木／六、最後の傷《ママ》手」、「石川啄木追悼号　その四」（大正十三年四月十三日）

「六、最後の傷《ママ》手」は、節子の不義を明言した、光子の最初の文章となろうが、既に該当連載の「その二」（四月十一日）において、「不愉快な事件」の書簡（前掲）が掲げられ、記者（長山生）の注記「啄木氏の手紙について」の中で「又、『お前の知っ《ママ》ているあの不愉快な事件』とあるのは、啄木夫人の不義に就いて語つたもので、それは三浦光子氏の「兄啄木のことども」の稿中「最後の傷手」のなかに詳しく書かれています。」と予告されていた。

三浦光子「兄啄木の想出〜長崎市大村町の寓居にて」、『九州日報』（昭和二年四月十三〜

二十日）

全七回連載で、四月十八日の掲載はない。また、「不愉快な事件」への言及はない。特に「四」（四月十六日）では、「明治四十四年九月十六日　啄木書簡」を引いているが（光子は、日付を九月十七日としている。光子の記憶が十七日であったとすると、上述した「不愉快な事件」の概要で記した、光子の啄木宅からの出発に関わる、啄木と光子との日附けの揺れには一定の説明も必要となろう。）「不貞問題」に関する部分には触れていない。

冒頭に「記者曰ふ」として次の文章がある。

『病みそめて今年も春は桜咲き眺めつ、君の死にゆきにけり』たしか、若山牧水氏の挽歌であつたと思ひます。薄倖な情熱の詩人であり、思想家であり、運命の人であつたところの石川啄木の死を悼んだものであつた筈です。明治四十五年四月十三日午前九時三十分、かれは二十七年の数奇な、ほんとに数奇な、人世の戦ひの最後のページを閉じました。けふは四月十三日です。すなわち啄木の命日に当ります。記者は今、長崎にある石川啄木の實の妹であるところの三浦光子夫人に乞ふて左の一文を寄せて頂きました。この手記を読んで私たちは、敬愛するかれの冥福を祈ることに致しませう。

［三浦光子「兄啄木の想ひ出」／『因伯時報』（昭和四年三月十六～二十四日）

全八回　＊三月二十二日は掲載なし。」

三浦光子には、全ての回に「石川啄木の實妹」の添え書きがある。内容的には、『九州日報』（昭和二年四月十三～二十日）の引き写しである。ただし、『九州日報』の七回連載が八回となっているので、文章の区切りには異同がある。また、最終回（八）の末尾に「附記」として次の言があり、掲載事情を伝えている。

この一篇は最初鳥取啄木會発行のパンフレット「啄木」掲載する予定だつたが都合に依り本紙に掲載しました。三浦光子氏の現住所は福岡県直方町新町五丁目聖公會です。

［参考文献］

三浦光子「兄啄木の思ひ出（一）幼き日の追憶（上）」『呼子と口笛』（呼子と口笛社）創刊号（昭和五年八月）一六～二一頁。

三浦光子「兄啄木の思ひ出（二）幼き日の追憶（下）」『呼子と口笛』（同上書）第一巻二号（昭和五年九月）一四～一八頁。

三浦光子「兄啄木の思ひ出(三)思ひ出を更に渋民村の一隅に寄せて(上)」『呼子と口笛』（同上書）第一巻第三号（昭和五年十月）一三～一五頁。

三浦光子「兄啄木の思ひ出(四)思ひ出を更に渋民村の一隅に寄せて(下)」『呼子と口笛』（同上書）第一巻第四号（昭和五年十一月）一一～一六頁。

三浦光子「兄啄木の思ひ出（五）盛岡における思出）」『呼子と口笛』（同上書）第一巻第五号（昭和五年十二月）八～一一頁。

三浦光子「兄啄木の思ひ出（六）渋民より北海道へ」『呼子と口笛』（同上書）第二巻第三号（昭和六年三月）二二～二六頁。

この連載においても「不愉快な事件」への直接の言及はない。

昭和十二年四月十二日（GK＝熊本放送）は、光子が「熊本放送」としたもの。要旨は、三浦光子「兄石川啄木を語る」として『九州日日』に掲載された。［四月十八日（一）、四月二十日（二）、四月二十一日（三）、四月二十二日（四）、四月二十三日（五）］直接には「不愉快な事件」への言及はないが、それを示唆する次の文言はある。（「Ⅶ　再検討の必要性～〈出生の不条理〉に関する三浦光子文章の引用～」も参照）

（三）……それに加へて兄には誰にもいへない大きな家庭的な悩みがありました。啄木を研究して下さる方々が澤山いらつしやいますが誰一人として此一事だけは御存じないのでせう。貧よりも病よりも死よりも辛かつたであろう兄の艱みを知る者は妹の私一人り《ママ》である事を申上《ママ》げてはゞかりません。然したゞ今日は、さうであつたか、との疑問を残して私は

　永久の宿題といたしませう。

［昭和二十二年四月十五日　ＱＱＱ文庫（丸亀市、三浦清一）「啄木を語る座談会」
同上記事＝「毎日新聞」（昭和二十二年四月十九日）］

この記事によって、「不愉快な事件」は、全国的規模の展開が見られるのである。

なお、資料閲読については、岩手大学図書館（就中、阿部類、高橋華世子、熊谷香奈子、長興寺香苗の各氏）、国立国会図書館（新聞資料室）、西日本新聞社（著作権係　＊西日本新聞社は、「九州日報」の合併先である）、新日本海新聞社（「因伯時報」合併先）、鳥取県立図書館等の御配慮を得た。記して感謝したい。

Ｖ―2　例2　三浦清一のゴースト（ライター）性

光子の著書に関する「ゴースト（ライター）性」に関連して、その夫、三浦清一のゴースト性について、本書では次のように言う。

　なお、藤坂信子氏は『羊の闘い　三浦誠《ママ》一郎牧師とその時代』（熊日出版　二〇〇五年）で、光子が書いた本書（引用者注、『兄啄木の思い出』のこと）の前身に該当する「兄啄木のことども」（九州日日新聞・石川啄木追悼号　大正十三年四月十日から十三日まで）について「文体や表現のなかに清一（光子の夫・三浦清一）を感じさせるものがある」と、疑問を投げかけている。こうなってくるとゴーストライターの一部に清一のゴーストも潜んでいるかも知れない。［本書二二二頁］

藤坂の同箇所における具体的な記述は次の通りである。

少し気になるのは、文体や表現のなかに清一を感じさせるものがあることだ。例えば、「十三年と云ふ長いタイム」など平たく「時間」といえばすむものに英語を使ったり「ロシアの若いバカボンドの群れはヴォルガの河をわが母よと申しますが、北上川は私共兄弟に取りてなつかしい〳〵母であるのです」などというくだりは、どうも清一くさい。また「啄木がブルジョアの為に詩をつくらずして、民衆のために歌ってくれたことが彼と血液を共にした私に取りて—特にナザレの大工イエスの弟子である私にとりて—どんなに大きなプライドであるかわからないのでございます」の個所も光子の感慨以上のものを感じさせる。

［藤坂前掲書一〇〇頁］

藤坂の挙げている「十三年と云ふ長いタイム」、「ロシアの若いバカボンドの群れはヴォルガの河をわが母よと申しますが、北上川は私共兄弟に取りてなつかしい〳〵母であるのです」、の二つは上記『九州日日』の「一、慕郷のうたびと」から、また、「啄木がブルジョアの為に詩をつくらずして、民衆のために歌ってくれたことが彼と血液を共にした私に取りて—特にナザレの大工イエスの弟子である私にとりて—どんない大きなプライドであるかわからないのでございます」（傍線部は原文では、「ムいます」）は「四　民衆詩人」からの引用である。（いずれも、「不愉快な事件」に直接言及した部分のものではない。）注目すべきは、藤坂氏は自身がそう判断する根拠を、具体的に示している点であろう。（西脇本は、「評論」という性質上か、そうした叙述とはなっていない。）また、この三浦清一的文体が、『悲しき兄啄木』や『兄啄木の思い出』の中に具体的に反映されているか否かの検討も、西脇氏に求められるところとなろう。

なお、光子の夫、三浦清一は、この「不愉快な事件」の喧伝に熱心で、昭和二十二年四月十五日　QQQ文庫（丸亀市、三浦清一）の「啄木を語る座談会」とその関連記事「妻に愛人があつた　悩みつつ死んだ啄木　卅五回忌に義弟が発表」〔『毎日新聞』（昭和二十二年四月十九日）〕によって、この「事件」を全国的なものにしたばかりではない。藤坂本によると、筆名「阿蘇史郎」によって、宗教小説「愛の架橋者の歌」、『神の国新聞』（昭和十五年）の中に、この事件を織り込んだり〔藤坂　一〇二頁〕、昭和三十五年八月には、兵庫県会議員として、その議会代表の一人として啄木研究家としても名高いマルコワ氏関係の研究会に、関係するエッセーを寄せたというが〔藤坂　一〇四頁　＊三浦清一『レーニンは生きている』（未刊）〕、今回はその具体に触れることはできなかった。

また、上田哲『啄木文学・編年資料　受容と継承の軌跡』（岩手出版　一九九九）によると、昭和二十二年四月十八日の項に次もある［同書二四五頁］。

新日本歌人協会京都支所、夕刊京都新聞社共催による第一回啄木祭が京都市役所内の市民会館で行われる。講師は川並秀雄と三浦清一であったが、三浦は、夫人光子の急病のため不参加となり、手紙が読み上げられる。

開催期日が、問題の『毎日新聞』（昭和二十二年四月十九日）に近接していることから、おそらく、「手紙」の内容には、「不愉快な事件」に関することが含まれていたと思われるが、これについても、今回は確認できなかった。

いずれにしても、夫清一の「不愉快な事件」公表に関する積極的な姿勢は、光子の上にも一定の影響を与えたのではないかと思われる。

Ⅵ　再検討の必要性～〈出生の不条理〉に関する三浦光子文章引用の適切性～

評者の立場は、全体的には、本書を「快男児の渾身の書」として評価する立場に立つが、〈出生の不条理〉に関する三浦光子文章引用については修正した方が良いと判断している。

本書、七〇頁には、〈出生の不条理〉に関して、『兄啄木の思い出』から引いた次の文言がある。

それに加えて兄には誰にもいえない大きな家庭的な悩みがあったのです。啄木研究家はたくさんいますが、この事実だけは誰一人知らないようで、貧よりも、病よりも、死よりも辛かったであろう兄の悩みを知るものは、妹の私ともう一人いるだけです。しかし、今はその真相にふれるのはやめておきます。

誕生の際、母親カツの戸籍に入れられ、尋常小学校二年生の時に、父・一禎の「養子」として工藤姓となる啄木の〈出生の不条理〉問題は、啄木の生涯における小さくはない「事件」であろう。その検討については評者とて否定するものではない。しかし、その関連として右の光子の言を引くことは適当ではない。

光子がこの表現によって示そうとしたものは「不愉快な事件」であるからである。

例えば、光子が、「不愉快な事件」に言及した最初である「兄啄木のことども」〔三浦光子「兄啄木のことども　五、枯木の如く逝きし啄木／六、最後の傷手《ママ》」、「石川啄木追悼号　その四」（大正十三年四月十三日）〕において「不愉快な事件」を論じた「六、最後の傷手《ママ》」の直前の「五、枯木の如く逝きし啄木」は次のように終わっている。

　併し、私が啄木は苦しみ乍ら世を去つたと云ふのは、貧と病苦の外に、もう一つの大いなる痛手があつたからです。／私は最後に夫れを語り度い。今迄只ひとり私の胸の底に秘めて居た事ですけれ共――併し、私は思ひ切つて言つてしまひませう。／夫れは――啄木の愛妻節子さんの愛の叛逆です。［傍線＝望月］

傍線部を初めとして両者の類似は明らかであろう。ついでながら、昭和十二年四月十二日（ＧＫ＝熊本放送）は、その要旨が、三浦光子「兄石川啄木を語る」として『九州日日』に掲載されていることは、既に述べたところであるが、西脇も先の引用に示した初出は、この熊本放送のものであったとしている［本書 七二頁］。該当文書は次のようなものであった。［四月十八日（一）、四月二十日（二）、四月二十一日（三）、四月二十二日（四）、四月二十三日（五）］

（三）……それに加へて兄には誰にもいへない大きな家庭的な悩みがありました。啄木を研究して下さる方々が澤山いらつしやいますが誰一人として此一事だけは御存じないのでせう。貧よりも病よりも死よりも辛かつたであろう兄の艱みを知る者は妹の私一人り《ママ》である事を申上《ママ》げてはゞかりません。然したゞ今日は、さうであつたか、との疑問を残して私は永久の宿題といたしませう。［四月二十一日（三）］

繰り返すことになるが、この三浦光子の文言は、先に示した「兄啄木のことども 五、枯木の如く逝きし啄木」［「石川啄木追悼号　その四」（大正十三年四月十三日）」との文章と類似している。啄木の〈出生の不条理〉に関わる引用としては不適切であることを繰り返しておこう。

Ⅶ　おわりに：一層豊かな世界への協働を！

本解説は、本書の出版を「快男児、渾身の書」として、その発刊を喜ぶ立場からなされたものである。

本書の説くところに対しての賛否を越えて、「不愉快な事件」に関わる互いの意見を交換し合い、一層豊かな啄木研究の世界をもたらすことが、快男児、西脇巽の望むところであろう。

好漢の更なる活躍を祈って、一先ず筆を擱くことにしたい。

〈参考文献〉

『啄木全集』全八巻（筑摩書房　昭和五十三年四月）
『悲しき兄啄木』（三浦光子　初音書房　昭和二十三年一月）
『兄啄木の思い出』（三浦光子　理論社　一九六四年十月）
『羊の闘い　三浦清一郎牧師とその時代』（藤坂信子　熊日出版　二〇〇五年）
『新編　啄木と郁雨』（阿部たつを　洋洋社　一九七七年）
『回想の石川啄木』（岩城之徳編　八木書店　昭和四十二年）
『私伝　石川啄木　暗い淵』（石井勉次郎　桜楓社　一九七四年）
『啄木の妻　節子』（堀合了輔　洋々社　一九七五年）
『新編　啄木歌集』（久保田正文編　岩波書店　一九九三年）
『国文学　解釈と観賞　特集啄木の魅力』（二〇〇四年四月号）
『家』（島崎藤村）
『泣き虫　なまいき　石川啄木』（井上ひさし　新潮社　昭和六十一年）
『男たちよ　妻を殴って　幸せですか』（西舘好子　早稲田出版　二〇〇二年）
『井上ひさし協奏曲』（西舘好子　牧野出版　二〇一一年）
『激突家族　井上家に生まれて』（石川麻矢　中央公論社　一九九八年）
「『啄木日記』公刊過程の真相」（長浜功　社会評論社　二〇一三年）

〈参考文献〉

『心をひらく愛の治療』（西脇巽　あゆみ出版　一九八三年）
『石川啄木　東海歌二重歌格論』（西脇巽　同時代社　二〇〇七年）
『啄木と郁雨　友情は不滅』（西脇巽　青森文学会　二〇〇五年）
『啄木と郁雨　友の恋歌　矢ぐるまの花』（山下多恵子　未知谷　二〇一〇年）
『なみだは重きものにしあるかな　―啄木と郁雨―』（遊座昭吾編　桜出版　二〇一〇年）
『石川啄木入門』（池田功　桜出版　二〇一四年）
『啄木　ふるさと人との交わり』（森義真　盛岡出版コミュニティー　二〇一四年）

石川啄木　不愉快な事件の真実

2015年8月30日　第1版第1刷発行

著　者　西脇　巽

装　幀　高田久美子
発行人　山田武秋
発行者　桜出版
岩手県紫波町犬吠森字境122番地
〒028-3312
Tel.（019）613-2349
Fax.（019）613-2369

印刷所　モリモト印刷株式会社

ISBN978-4-903156-20-0　C0095